「钱塘江故事」丛书

司马一民 / 著

诗里杭州

浙江工商大学出版社｜杭州

钱塘江，流淌不息的是故事

浙江省钱塘江文化研究会会长　胡　坚

钱塘江，是浙江的"母亲河"，流经浙江近50%的省域面积，世世代代滋养着浙江人民繁衍生息。

钱塘江是一条自然之江。它是浙江境内最大的河流。以北源新安江起算，全长588.73千米；以南源衢江上游马金溪起算，全长522.22千米。两岸青山叠翠、云卷云舒、村镇星罗、田野棋布。钱塘江因天下独绝的奇山异水而久负盛名、享誉古今。它哺育的美丽浙江，有看不完的风景，说不完的故事，讲不完的传奇。

钱塘江是一条梦想之江。钱江源头，一滴滴水珠汇聚成涓涓细流，形成山涧的清泉，从蜿蜒的山脉中豁然涌出，汇成溪流，聚成小河，凝成大江，涌成惊涛拍岸的钱江大潮。每一滴水都能在这个过程中，发现自己原来这么有力量。钱塘江以不息的潮汐告诉人们——只要有梦想，有方向，有凝聚力，渺小也能够构成伟大，数量就会变成力量。

钱塘江是一条精神之江。钱塘江赋予浙江人以物质财富和精神财富，浙江人赋予钱塘江以自然状态和人文形态。"天时""地利"造就了钱塘江涌潮，"怒涛卷霜雪""壮观天下无"。千百年来，钱塘江"弄潮"是一种奇特的人文现象。"弄潮"之风在唐朝时兴起，宋朝时更甚。迎着滚滚而来、地覆天翻的江水，在声如雷鸣、涛如喷雪的潮水里，"弄潮儿向涛头立，手把红旗旗不湿"，气贯如虹的雄姿，给后人留下了不畏艰险、敢于拼搏、逆浪而进、力压潮头的人文精神。

钱塘江是一条艺术之江。自晋唐以来，钱塘江吸引了众多文人墨客前来游历论学。他们或探幽访胜，或宦游访友，或寄情山水，留下了无数诗篇华章，如白居易《忆江南》、柳永《望海潮·东南形胜》等名篇，令画卷上的钱塘江弥漫着浓厚的书香与笔墨气息。在这里，诞生了无数绝世篇章。同时，成就了一代宗师黄公望的山水画巅峰之作《富春山居图》，造就了"中国山水画泰斗"黄宾虹等一批画家，诗情和画意绵延古今。另外，钱塘江还成就了吴越文化和在中国人文思想史上产生过重大影响的新安文化。孔氏家族"扈跸南渡"更是推动了儒学在江南的传播，开创了儒学新风尚。

钱塘江更是一条创造时代的奇迹之江。改革开放以来，浙江人民在建设中国特色社会主义的大潮中，干在实处，走在前列，勇立潮头，在钱塘江两岸创造了一个又一个人间奇迹，也创造了新时代的灿烂文化。特别是当我们走进新时代，吹响"实施拥江发展战略，努力打造和谐宜居、富有活力、特色鲜明的现代化城市"的号角，更是让钱塘江彰显出了勇立潮头、大气开放、互通共荣的时代精神。

钱塘江文化研究会聚集的这群人，有着一种强烈的文化情怀，要为挖掘、整理、塑造、传播钱塘江的文化尽微薄之力，做出自己的贡献。编撰"钱塘江故事"丛书是这群人的一种探索和努力。我们相信，该丛书的出版，有助于增加人们对钱塘江的了解，有助于丰富人们的文化生活，有助于增强钱塘江文化的外在影响力和文化软实力。

我们将以自己勤劳的双脚去丈量钱塘江两岸的崎岖路径，以敏锐的眼光去发现钱塘江流域散落的故事，以与众不同的思考去感悟钱塘江的文化特质，以鲜活的文字去表达钱塘江带来的无穷魅力。我们会专注那些有情感的故事，有品位的故事，有启迪的故事，有历史的故事，有回味的故事，让读者在阅读中体会钱塘江的好，钱塘江的美，钱塘江的厚重与钱塘江的温度。

"钱塘江故事"丛书将高度关注钱塘江流域村落的古往与今来，关注非物质文化遗产的传承与活化，关注历史艺术与当代艺术的生命与发展，关注民间风俗和风土人情的变迁与时尚，关注旅游和文化的融合与共生，关注每一个值得关注的历史细节与文化符号。丛书在讲究思想性、学术性、艺术性的同时，突出实用性、服务性、可读性，希望能成为爱好者的口袋书、旅游者的携带书、管理者的参考书。

我们带着朝圣般的虔诚，带着颤抖的灵魂，带着历史的使命做这样一件有意义的事。

虽然道路遥远，但我们已经起步。

是为序。

目 录

东风夜放花千树

人间始觉重西湖

第一篇

杭州诗望

郡亭枕上看潮头

白居易给杭州的「检讨书」

白居易梦回钱塘诗词中

白居易对杭州的「临别赠言」

白堤不是白居易修筑的

白居易结缘天竺寺

白居易结缘天竺寺

在白居易的记忆深处，对杭州印象最深的地方是哪里？不是白堤，而是天竺寺。他离开杭州后，在苏州刺史任上作诗《答客问杭州》，前四句便写到了天竺山：

> 为我踟蹰停酒盏，与君约略说杭州。
> 山名天竺堆青黛，湖号钱唐泻绿油。

杭州有那么多山，为什么白居易单说天竺山呢？

白居易（772—846），字乐天，晚号香山居士。开成三年（838），白居易在洛阳任太子少傅，作《忆江南》词三首，其中第二首广为人知：

> 江南忆，最忆是杭州。山寺月中寻桂子，郡亭枕上看潮
> 头。何日更重游？

这首词中的"山寺"指的便是天竺寺了。可见白居易特别钟情于天竺山。

天竺山，杭州佛教名山，山中有著名的"天竺三寺"，即上天竺寺、中天竺寺、下天竺寺。其中，下天竺寺创建最早，距今已有

下天竺寺（法镜寺）正门

一千六百多年，创建最晚的上天竺寺也有千年历史。清高宗乾隆皇帝将三座天竺寺命名为"法喜寺""法净寺""法镜寺"，还亲题寺额，这是后话。白居易这首诗里的天竺寺应该是下天竺寺。

　　白居易在杭州刺史任上除了勤于政务、造福百姓之外，还纵情于杭州的山山水水。西子湖畔、孤山、吴山、天竺山等都留下了他的足迹和千古传诵的诗篇。白居易在杭州与一些僧人结为诗友，出入佛家之地，尤其经常造访天竺寺、灵隐寺，他写有《宿天竺寺回》一诗纪事：

> 野寺经三宿，都城复一还。
>
> 家仍念婚嫁，身尚系官班。
>
> 萧洒秋临水，沉吟晚下山。
>
> 长问犹未得，逐日且偷闲。

说的是白居易总被家事、公事羁绊，只能忙里偷闲。但他一有空闲便到访天竺寺，甚至夜里在天竺寺中留宿。

白居易在天竺寺写下了不少诗，其中有两首与避暑相关。

游古天竺寺

> 佛国灵山最深处，如来于此建清都。
>
> 五峰拱揖环屏障，四面云霞列画图。
>
> 夜静光芒腾舍利，月明台殿浸冰壶。
>
> 我来恍入金天界，三伏炎蒸半点无。

天竺寺树木参天，门前溪水潺潺，环境十分清幽，夏季气温比杭州城里低。在三伏天酷暑难耐时，白居易公余常常来到寺院纳凉。

可见一千多年前，杭州就是"火炉"。

白居易曾为避暑专门到天竺寺七叶堂留宿，并写下另外一首与避暑有关的诗《天竺寺七叶堂避暑》：

> 郁郁复郁郁，伏热何时毕。
>
> 行入七叶堂，烦暑随步失。
>
> 檐雨稍霏微，窗风正萧瑟。
>
> 清宵一觉睡，可以销百疾。

因为酷暑，身心烦恼，白居易来到天竺寺七叶堂，一夜安睡，暑意

下天竺寺（法镜寺）

和烦恼都没有了。

　　有一回，与白居易很投缘的庐山东林寺士坚法师来天竺寺游玩，白居易赶来与士坚法师相会，两人相谈甚欢。士坚法师要返回庐山时，他又特地赶到天竺寺送行，并留下了《天竺寺送坚上人归庐山》一诗：

> 锡杖登高寺，香炉忆旧峰。
> 偶来舟不系，忽去鸟无踪。
> 岂要留离偈，宁劳动别容。
> 与师俱是梦，梦里暂相逢。

　　此诗大意为：僧人登高，忽然想回庐山，于是便翻然而去。来的时候是"偶来"，去的时候是"忽去"。来的时候如同一艘不系纤绳的船，随时可以返回；去的时候就像远飞的鸟，一下子便没有了踪迹。既然你来的时候是偶然，去的时候也是偶然，我们分别的时候也就没有什么可以留恋的，完全不用像别人那样作诗告别。既然人生本来就如同一场梦，那我们就在梦里相逢。

虽然白居易把佛家之理融入了诗的最后两句，可他还是为士坚法师写了这首送别诗，是不是有点自相矛盾呢?

在即将奉诏离开杭州时，白居易又写下了《留题天竺灵隐两寺》，表达了他对天竺、灵隐的山水的喜爱。此诗中，白居易提到此次是他第十二次游天竺寺、灵隐寺。在与他钟爱的山水、交情深厚的僧人告别时，他久久舍不得离开。在政务缠身的短短三年中，白居易竟然去了天竺寺、灵隐寺十二次，这说明他是多么挚爱天竺、灵隐的山水。"黄纸除书到，青宫诏命催"，尽管他是那么不愿意离开天竺山、离开杭州，但是朝廷调离他的文书已经下来，他万般无奈，却也只能身不由己地执行。"僧徒多怅望"，表明天竺寺僧人也舍不得白居易这位方外友人的离去。

白堤不是白居易修筑的

信不信？白堤不是白居易修筑的！

西湖北边，东起断桥残雪，经锦带桥，西至平湖秋月，这一条把西湖分为外西湖与里西湖的长堤，就是著名的白堤。不少人以为白堤是唐朝著名诗人白居易在任杭州刺史期间主持修筑的，并且以他的诗《钱塘湖春行》为佐证：

> 孤山寺北贾亭西，水面初平云脚低。
>
> 几处早莺争暖树，谁家新燕啄春泥？

白堤

乱花渐欲迷人眼，浅草才能没马蹄。

最爱湖东行不足，绿杨阴里白沙堤。

其实，这个说法与史实有出入。白堤、白沙堤与白公堤并不是一回事。白居易任杭州刺史期间，长庆四年（824）春，主持修筑过一条与西湖相关的堤，被称为"白公堤"。

白公堤在哪里？说法不一：有说在钱塘门北，由石函桥北至余杭门（即武林门）；有说在钱塘门外，即今日松木场到武林门外（《古西湖白公堤堤址新识》记载：在钱塘门外，自东往西，经昭庆寺前，直至宝石山麓与白堤的东端相交接处）；1995年的《西湖志》记载其在今宝石山至湖畔居一线。虽然各家说法不同，但有一点是基本一致的，即白公堤的一端在钱塘门外，大约在今天的六公园（或湖畔居）附近。

当年的白公堤其实是个水利设施。白公堤把西湖一分为二，堤内称上湖，堤外称下湖。上湖蓄水，建有水闸，需要灌溉农田的时候开闸放水，"渐次以达下湖"。有了白公堤，一方面可以防止洪水淹没下湖的农田，另一方面又可以蓄水，按需要灌溉农田。

白居易是个很"劳心"的人，为了持续发挥白公堤这个水利设施的作用，他还亲自写了一篇八百多字的《钱唐湖石记》，并刻石立于水闸旁边，交代他的后任如何灌田、抢井、通漕。这里摘录一段：

> 钱唐湖事，刺史要知者四事，具列如左：钱唐湖一名上湖，周回三十里，北有石函，南有笕。凡放水溉田，每减一寸，可溉十五余顷。每一复时，可溉五十余顷。先须别选公勤军吏二人，一人立于田次，一人立于湖次，与本所由田户，据顷亩，定日时，量尺寸，节限而放之。若岁旱，百姓

请水，须令经州陈状，刺史自便押帖所由，即日与水。若待
状入司，符下县，县帖乡，乡差所由，动经旬日，虽得水，
而旱田苗无所及也。大抵此州春多雨，夏秋多旱，若堤防如
法，蓄泄及时，即濒湖千余顷田，无凶年矣……

这段文字大意为，有关钱唐湖（西湖）的事，杭州刺史有以下四个
要点要明白：钱唐湖又称为上湖，方圆有三十里。北面有石函桥闸，南
面有引水的长竹管。每次放水灌溉田地的时候，湖面的水位每降低一
寸，可以灌溉大约十五顷农田。放湖水灌田之前，需要挑选两个公道、
勤勉的差人，站在农田边和湖边，同时把本地农户叫来，根据农田的面
积，算好需要灌溉的田地的尺寸，约好放水的时间，按照限定的量放
水。如果遇到旱年，百姓有放水灌溉农田的请求，要叫他们直接前往州
衙递交状纸，刺史立即下文批给管事的人，当天放水，不得拖延。如果
按照通常的公文审批流程，百姓把要求放水灌溉农田的状纸一级一级上
交，州府收到公文后再把批文下达到县，县里再下达到各乡，乡里再派
遣所属地界的差人执行，起码需要十来天时间，那时候即使放水，也耽
误了农时，禾苗早已旱死了。杭州春季多雨，夏季和秋季干旱，如果把
这条堤坝维修好，雨季的时候蓄水，旱季的时候按照需要放水浇田，那
么钱唐湖附近的上千顷农田就不会有荒年了……

我们不得不佩服白居易心思缜密，此文更显示出他爱民的拳拳之
心。农耕社会，种田可是头等大事。

再来说说白沙堤。早在白居易为杭州刺史之前，白沙堤就有了。白
沙堤何时所筑已不可考，但白居易的《杭州春望》说得明白：

白堤

望海楼明照曙霞，护江堤白踏晴沙。

涛声夜入伍员庙，柳色春藏苏小家。

红袖织绫夸柿蒂，青旗沽酒趁梨花。

谁开湖寺西南路，草绿裙腰一道斜。

　　白居易在诗中问，是谁修筑了这条通到孤山寺的白沙堤呢？它好似一条翠绿的带子系在西湖的腰间，仿佛给西湖穿上了一条裙子。他在这首诗里有一句自注：孤山寺路（即白沙堤）在湖洲中，草绿时，望如裙腰。由此可见，白沙堤确实在白居易任杭州刺史之前就有了，也证实了白沙堤不是他主持修筑的白公堤。我们再回过头来读《钱塘湖春行》，"几处早莺争暖树，谁家新燕啄春泥。乱花渐欲迷人眼，浅草才能没马蹄"，这些春天的美丽景色不可能出现在长庆四年（824）的白公堤上，那时候白公堤的工程现场正是一派热火朝天、人声鼎沸的景象。即便白公堤后来美如白沙堤，白居易也不可能看到，因为同一年夏他已经奉诏从杭州离任了，因而"最爱湖东行不足，绿杨荫里白沙堤"中的白沙堤肯定不是他主持修筑的白公堤。

　　沧海桑田，那一条造福杭州百姓的白公堤由于城市的变迁，已不知道于何时湮灭，今天已经无迹可寻了。杭州人为纪念白居易这位好"市长"，有意无意地把白沙堤附会成了白公堤，并且简称为白堤，正好与苏堤相对应，始于何时也已不可考。这是一个全杭州人乐于接受的"美丽误会"，并且会将其永远延续下去。

白居易对杭州的"临别赠言"

　　长庆二年（822）七月十四日，朝廷任命白居易为杭州刺史，但他实际抵达杭州的时间是当年十月一日，这在白居易的《杭州刺史谢上表》中有记载。名义上他在杭州为官三年，满打满算其实只有二十个月。在这短暂的二十个月中，他为杭州疏浚了城中的李泌六井，保障了百姓的饮用水；修筑钱塘湖堤蓄水，灌溉了千顷良田。真是功德无量！长庆四年（824）五月末，五十多岁的白居易奉诏从杭州离任，他写下了诸多别样的"临别赠言"，表达了对杭州的万分不舍。

　　白居易的"临别赠言"都是写给谁的呢？

　　赠西湖——《西湖留别》

西湖留别

征途行色惨风烟，祖帐离声咽管弦。

翠黛不须留五马，皇恩只许住三年。

绿藤阴下铺歌席，红藕花中泊妓船。

处处回头尽堪恋，就中难别是湖边。

西湖风光

　　朋友们知道白居易最喜爱西湖，特地在西湖边为他设宴饯行，白居易在《春题湖上》中曾有"未能抛得杭州去，一半勾留是此湖"的感慨。面对他最喜爱的西湖美景，他却一点都高兴不起来，写下了这首读来深感沉郁的诗，以此与西湖道别。

　　祖帐，古代送人远行时在城外道路旁边设的帷帐，是告别的场所。翠黛，原形容女子的眉毛，代指美女，这里代指西湖的美景。白居易的《答客问杭州》中有"山名天竺堆青黛，湖号钱唐泻绿油"。把西湖比作美女，大约白居易是首创。很可能苏东坡就是受到了白居易的影响，而有了"欲把西湖比西子，淡妆浓抹总相宜"的千古佳句。五马，汉代州官太守的别称，此处指白居易自己。"皇恩只许住三年"，唐代官制规定，刺史任期三年，不得连任。

　　此诗的大意为：我将要踏上离别的行程，此刻感到心情十分沉重。你们与我道别的话语，压过了在西湖边饯行筵席上演奏的乐曲声。不是眼前的美丽景色无法挽留我，而是皇帝只准许我在杭州为官三年。此刻我想起了曾经绿藤荫下筵席上的歌舞，还有停泊在长满红莲花的湖里的歌姬舞女的花船。回首了再回首，杭州处处都值得眷恋，在这西湖边分别实在是叫人最为难的事情。

白居易在万般无奈中表达了对西湖的恋恋不舍之情，可见其对西湖有多深厚的感情啊！

赠官吏——《钱唐湖石记》

长庆四年（824）三月，白居易主持修筑的钱唐湖堤竣工，他写了《钱唐湖石记》一文，命人刻碑立于湖边，告知后任如何具体操办蓄水灌溉事宜："大抵此州春多雨，夏秋多旱，若堤防如法，蓄泄及时，即濒湖千余顷田，无凶年矣……"（前文已述，此处从略）

读此文，可见白居易操心民生心思之缜密、举措之务实，实在是为官之楷模。

圣塘闸原在昭庆寺东，始建于南宋咸淳六年（1270），称九曲昭庆桥。明代称溜水桥，桥下设闸，视西湖水之盈缩启闭。民国元年（1912），拆除沿西湖城墙时，将钱塘门外的水城门改建为现在的圣塘闸。1984年，圣塘闸由人力启动改为电力启动，上建圣塘闸亭，石壁上刻有白居易的《钱唐湖石记》

鼓楼

下天竺寺

赠友人——《留题天竺灵隐两寺》

白居易在杭州刺史任上结识了一群朋友，其中有一些僧人。他出入佛家之地，尤其经常造访天竺寺和灵隐寺，与僧人结为诗友，在即将奉诏离开杭州时，白居易写下了这首《留题天竺灵隐两寺》：

在郡六百日，入山十二回。

宿因月桂落，醉为海榴开。

[自注：天竺尝有月中桂子落，灵隐多海石榴花也。]

黄纸除书到，青宫诏命催。

僧徒多怅望，宾从亦徘徊。

寺暗烟埋竹，林香雨落梅。

别桥怜白石，辞洞恋青苔。

[自注：石桥在天竺，明洞在灵隐。]

渐出松间路，犹飞马上杯。

谁教冷泉水，送我下山来。

这是白居易第十二次游天竺寺、灵隐寺。在短短三年任期里，白居易虽忙于政务，但还是抽空去了十二回天竺寺、灵隐寺，那里的山水人文与佛刹梵音对白居易的吸引力实在是太强了。"黄纸除书到，青宫诏命催"，虽然他不情愿离开天竺寺、离开杭州，但是身为朝廷命官，只能服从命令。

赠百姓——《别州民》

长庆四年（824）五月末，白居易离任，杭州百姓不舍，当天万民夹道相送，白居易的《别州民》就是他与杭州百姓依依惜别的纪实：

耆老遮归路，壶浆满别筵。

甘棠无一树，那得泪潸然。

税重多贫户，农饥足旱田。

唯留一湖水，与汝救凶年。

　　《史记》中有这样的记载，周召公巡行乡邑，在甘棠树下处理各类事务，不管是高官的事情还是普通百姓的事情，他都处理得很公道，没有一件失职的。召公死后，百姓感怀召公德政，不敢砍伐那棵

杭州百姓送别白居易雕塑

甘棠树，有人以甘棠为名写诗，歌颂召公的德政，后人用甘棠指有德政的地方官。

　　此诗大意为：杭州的父老拦路相送，准备了酒水筵席为我饯行。我这个地方官在任时没有为百姓做什么大事，深感惭愧，不禁潸然泪下。因为税赋很重，杭州贫穷的农户有很多，这里旱田不少，农民时有饥荒。我只能给杭州百姓留下一湖水，干旱年头用此湖水灌溉农田以救灾荒。

白居易梦回钱塘诗词中

人与人相交是要有缘分的，人与城市相交也是要有缘分的。一个匆匆过客，却对一座城市屡屡思念，那是怎样的缘分才会如此啊！

白居易在长庆二年（822）十月至长庆四年（824）五月任杭州刺史，连头带尾仅仅三年，但他与杭州结下了善缘，他不仅筑堤修井为杭州百姓谋福利，还写了许多诗词为杭州推广城市形象，甚至在离开杭州后，他仍然对杭州念念不忘，可谓真爱，有诗词为证。

先读《忆杭州梅花因叙旧游寄萧协律》：

三年闲闷在余杭，曾为梅花醉几场。

伍相庙边繁似雪，孤山园里丽如妆。

蹋随游骑心长惜，折赠佳人手亦香。

赏自初开直至落，欢因小饮便成狂。

薛刘相次埋新垄，沈谢双飞出故乡。

歌伴酒徒零散尽，唯残头白老萧郎。

孤山梅花

　　长庆四年（824）五月，在杭州任期满，白居易奉诏调回东都洛阳。在这首诗里，白居易追忆当年在杭州"曾为梅花醉几场"的赏梅趣事，特别点出了赏梅的去处，"孤山园里丽如妆"。他曾将梅花作为珍贵礼物赠予佳人，也曾因落梅被游骑践踏而惋惜。他赏梅"赏自初开直至落"，对孤山的梅花可谓一往情深。

　　再读《答客问杭州》：

　　为我踟蹰停酒盏，与君约略说杭州。

　　山名天竺堆青黛，湖号钱唐泻绿油。

　　大屋檐多装雁齿，小航船亦画龙头。

　　所嗟水路无三百，官系何因得再游。

　　这首诗是白居易在苏州刺史任上所作。长庆五年（825），他任苏州刺史。"上有天堂，下有苏杭"，苏州也是好地方，可白居易在苏州向朋友极力推荐杭州，也许他的朋友正要去杭州，白居易很高兴地当了一回"导游"，对杭州风景如数家珍，字里行间充满了对杭州的思念。

　　想象一下当时的场景，白居易眉飞色舞地对客人说："你问我杭州怎么样？问对人了，咱们把酒杯放下先别喝了，你听我说，美景实在太多，我只能简单说几个。天竺山像青黛描绘的图画那样，阳光下清凌凌的西湖水绿波荡漾；街上高大的房屋一排连着一排，西湖水面上的游船都装饰精美；从苏州到杭州走水路不到三百里，可叹我官职在身，没有办法去重游啊。"

　　又读《杭州回舫》：

　　自别钱塘山水后，不多饮酒懒吟诗。

　　欲将此意凭回棹，报与西湖风月知。

　　这首诗也是白居易在苏州刺史任上写的，他身在苏州却非常思念杭州。据传一位苏州的官员让他说说对杭州的感受，他便提笔写下了这首诗。诗大意为：自从告别了钱塘的山山水水，我很少喝酒和吟诗，我要让南去的小船把这种心情告诉西湖的风和月。

　　酒和诗集可以说是诗人的"随身物品"，随时携带、随处使用，难道真的离开杭州以后就没有了喝酒的兴致和写诗的灵感吗？当然不是，白居易在这首诗里只是用夸张的手法表达了他对杭州的真爱。

　　还读《寄题余杭郡楼兼呈裴使君》：

> 官历二十政，宦游三十秋。
> 江山与风月，最忆是杭州。
> 北郭沙堤尾，西湖石岸头。
> 绿觞春送客，红烛夜回舟。
> 不敢言遗爱，空知念旧游。
> 凭君吟此句，题向望涛楼。

　　这首诗是唐文宗大和七年（833），白居易在洛阳任太子宾客时所作。诗题中的"余杭郡楼"指的是杭州虚白堂。白居易的《九日宴集醉题郡楼兼呈周殷二判官》中有诗句："前年九日余杭郡，呼宾命宴虚白堂。"诗题中的"裴使君"指裴涛。白居易有《喜裴涛使君携诗见访醉中戏赠》一诗。由此可知，白居易与裴涛是诗友。

　　此诗的大意为：在三十年官宦生涯中，我任职过许多地方，就江山与风月而言，最让我留恋难忘之地是杭州。杭州的北面外城有护江沙堤，可阻挡钱塘江潮入侵，西湖四周有石砌的堤岸，方便游人行走和观

白堤早春

赏美景。春风杨柳，白天在树下与好友举杯畅饮，傍晚在烛光摇曳的游船上看歌姬翩翩起舞。不敢说我把多少爱遗留在杭州，追忆往日在杭州度过的日子，都是好时光，能不能请裴涛使君把我的诗书写在望涛楼上，与杭州人共享。

在这首诗里第一次出现了"最忆是杭州"的诗句，表达了白居易对杭州的真爱，直抒胸臆。

重读《忆江南》第二首：

> 江南忆，最忆是杭州。山寺月中寻桂子，郡亭枕上看潮
> 头。何日更重游？

白居易是一个很会享受生活的人。开成三年（838），白居易在洛阳任太子少傅，他回忆自己的经历，作《忆江南词》三首，其中第二首广为人知。

词的开头二句，"江南忆，最忆是杭州"，再次直接抒发了白居易对杭州的思念之情。他记忆中的江南，给他留下最深印象的是杭州。"山寺月中寻桂子，郡亭枕上看潮头"是白居易对往昔在杭州美好生活的深情追忆。他在《留题天竺灵隐两寺》诗中说："在郡六百日，入山十二回。宿因月桂落，醉为海榴开。"可见他对天竺山特别喜爱，当然印象也特别深。白居易在《郡亭》诗中说："况有虚白亭，坐见海门山。"在临江的虚白亭，躺在舒适的床枕上，观赏钱塘江潮，这是多么惬意的生活，怎么会忘记呢？有意思的是，白居易"最忆是杭州"，不是曾经的"最爱湖东行不足，绿杨荫里白沙堤"，而是天竺寺的桂子与钱塘江潮。六十多岁的白居易，身在洛阳，心却向往杭州，他多么希望有朝一日能重游杭州，再次欣赏人间天堂的美景，与老朋友饮酒、叙旧、作诗。

白居易对杭州真是一往情深！

白居易给杭州的"检讨书"

　　说白居易是杭州的形象大使，一点都没有夸张，他喜欢用诗词来"推广"杭州，他写的十几首关于杭州的诗词，千百年来有无数的人读过，又有多少人因为读了他的诗词而来到杭州、爱上杭州，成为一代又一代的"新杭州人"？这个实在没法统计。

　　在白居易为杭州写的诗词中，有两首诗流传不广，也许是历代杭州人不太愿意传播这两首诗，担心这两首诗与白居易的完美形象不符，毕竟他们心目中的白居易是白璧无瑕的。当然，这只是我个人的臆测。

　　我倒认为这两首诗从另外一个侧面显示出白居易的人格，我把这两首诗戏称为"白居易给杭州的'检讨书'"。闲话少说，我们读一读这两首诗：

三年为刺史二首

（其一）

三年为刺史，无政在人口。

唯向郡城中，题诗十余首。

惭非甘棠咏，岂有思人不？

（其二）

三年为刺史，饮冰复食檗。

唯向天竺山，取得两片石。

此抵有千金，无乃伤清白。

诗中，甘棠的典故出自周文王之子召伯有德政，传说他曾在甘棠树下处理政务，后人追思他，以"甘棠"来称颂官吏有德政；饮冰食檗，则是形容生活清苦，为人清白。

第一首诗的大意为：我做了三年的刺史，没有什么政绩可以让百姓称颂。只是在城里四处走走，随手写了十多首诗。非常惭愧的是，这些诗并不能像甘棠诗那样永久地流传下去，难道是没有对人对事的思考吗？第二首诗的大意为：我做了三年的刺史，常常喝冷水，不时吃苦菜，只是在天竺山，捡了两块石头当作纪念。现在这两块石头在我心中抵得上千金，当初我这样随意带走石头，会不会有损我的清誉？

先说"天竺石"。据传古时天竺山莲花峰一带盛产"天竺石"，晶莹、清润、玲珑。不过，我作为生于此长于斯的杭州人，真没有听说过"天竺石"如何名贵。几十年中，我虽然去过天竺山无数次，但从来没有留意过传说中的"天竺石"，只是在网络上见过所谓的"天竺石"图片，看上去似乎与普通的鹅卵石差不多，没有什么异样，不大可能和田黄石、鸡血石一样名贵，不知道那些石头是不是真的"天竺石"。为什么白居易离开杭州的时候会带两块"天竺石"呢？我认为有两个原因，一个是有传白居易一直喜欢泉石，就是溪水中的鹅卵石；另一个原因是他钟爱天竺山，他喜欢那里的环境，更留恋那里的朋友。

白居易在苏州刺史任上写有《答客问杭州》，在诗的前四句中便提

天竺牌坊

到了天竺山。白居易在杭州时，经常出入佛家之地，尤其是天竺寺。他与一些僧人结为诗友，写下了不少诗。在即将奉诏离开杭州时，白居易还写有《留题天竺灵隐两寺》，表达他对天竺寺、灵隐寺的山水人文与佛刹梵音的留恋。

因此，白居易任满离开杭州时会取两块天竺石留作纪念，仅仅如此。然而，白居易还免不了自责：拿两块石头好吗？会不会因此有损我为官的清白呢？

　　再来简单地说说"三年为刺史，无政在人口"。白居易太谦虚了，在任二十个月，他干了两件大事：重新浚治了唐大历年间（766—779）杭州刺史李泌在钱塘门、涌金门一带开凿的六井，改善了市民的用水条件；加高西湖湖堤，修建水闸，增加了湖水容量，解决了杭州数千顷农田的灌溉问题。这样的德政，怎么会"无政在人口"？历代杭州百姓用"白公堤"一词表达了对白居易的崇敬！

　　不过，在白居易看来，这些是他应该做的，为官一任本来就应该造福一方，没有啥可说的。倒是拿了两块石头，总觉得心有不安。

　　其实，白居易完全没有必要心有不安，他已经为这两块石头"买单"了。据《唐语林》记载："公（白居易）罢杭，俸钱多留官库，继守者公用不足，则假以复填。"白居易把自己积攒下来的"工资"留给了杭州办"民生实事"。

第二篇

杭州诗话

前世我已到杭州

苏轼与杨绘分享天竺桂花

苏轼有诗有词有美堂

望湖楼下水如天

苏轼吉祥寺「斗诗」为牡丹

苏轼连写五首观潮诗

何时有了苏堤名？

苏轼与杨绘分享天竺桂花

　　早晨起床，推开窗，一阵桂香扑面而来。杭州又到了满城桂花飘香时。

　　桂花是杭州的市花，近年栽种得越来越多。可以毫不夸张地说，在这个桂花季，杭州市民都能够在自己的家门口享受金秋桂香带来的清新和欣喜。

桂花

　　九百多年前的一个桂花季，在杭州为官的苏轼收到了别人送来的桂花，他不忍独享，分赠给他的朋友杨元素。

　　唐宋时候，杭州城里桂花树不多，但在寺庙里倒有不少，这从诗人们的诗里可以看出来：宋之问的《灵隐寺》有"桂子月中落，天香云外飘"；白居易的《忆江南》有"山寺月中寻桂子，郡亭枕上看潮头"；白居易的《寄韬光禅师》有"遥想吾师行道处，天香桂子落纷纷"……

　　今天我们就说说苏轼的《八月十七日天竺山送桂花分赠元素》，这首诗是苏东坡在送杨元素桂花的同时附上的。文人雅士就是与众不同，即使是一些随性小事，也是要习惯性风雅一番的。一首名诗就这样伴随一段佳话流传千古。

> 八月十七日天竺山送桂花分赠元素
> 月缺霜浓细蕊干，此花元属桂堂仙。
> 鹫峰子落惊前夜，蟾窟枝空记昔年。
> 破戒山僧怜耿介，练裙溪女斗清妍。
> 愿公采撷纫幽佩，莫遣孤芳老涧边。

　　苏轼（1037—1101），字子瞻，号东坡居士。作此诗时，苏轼时任杭州通判。杨元素，即杨绘（1032—1116），字元素，号先白，汉州绵竹（今属四川）人，曾任御史中丞等职，时任杭州知府，是苏轼的上司。

　　月缺，表明已过仲秋，八月十七日收到来自天竺山的桂花，过了十五已有两日，所以说是月缺。霜浓细蕊干，是指秋霜降时节，桂花摘下后已经好几天了，失去了部分水分。宋时，从天竺山到杭州城里，要下山行路至茅家埠乘船到涌金门或清波门上岸进城，不大方便，总需要一两天的时间，所以会"细蕊干"。

"此花元属桂堂仙",从字面看是称赞桂花的超俗,不比寻常,其实是用桂花暗喻苏杨二人。折桂指的是登科,苏东坡以传说与典故来说他和杨元素当年进士及第,即所谓蟾宫折桂转用为"蟾窟枝空",二人作为君子雅人,曾蟾宫折桂,一定是桂花的知音。这句诗也可能有暗指杨元素的一些政治见解与苏轼相同,苏轼、杨元素都因与王安石政见不同,被贬出京城。相同的政治见解、相同的境遇、类似的艺术品位,加深了他们的情谊。苏轼所写的这首咏桂花诗,描绘了桂花的形态和品格,同时以花酬知音。

熙宁七年(1074)七月,杨元素接替陈襄为杭州知州,九月,苏轼由杭州通判调为密州知府,杨元素在西湖上为苏轼设宴饯别,二人有词唱和。

南乡子·和杨元素

东武望余杭,云海天涯两杳茫。何日功成名遂了,还乡,醉笑陪公三万场。

不用诉离觞,痛饮从来别有肠。今夜送归灯火冷,河塘,堕泪羊公却姓杨。

此词大意为:东武和余杭两地相望,如同远隔天涯,云海茫茫。不知什么时候才能功成名就,衣锦还乡。到那时,我与你同笑醉酒三万场。我们不必用酒来诉说离情别绪,痛快的饮宴从来都是另有缘由的。今夜掌灯送你归去,走过河塘,恍惚间,见你杨元素落泪如羊祜。

字里行间都是情。

上天竺寺
（法喜寺）

上天竺寺（法喜寺）

苏轼在杭州为官时与上天竺寺、孤山寺的僧人多有来往，有诗文唱和，留下了《雨中游天竺灵感观音院》等诗篇。想来，苏轼分赠给杨元素的桂花很可能是上天竺寺僧人派人送给苏轼的。

苏轼有诗有词有美堂

苏轼，眉州眉山（今属四川）人，嘉祐二年（1057）进士，曾在杭州、惠州、儋州多地为官，在书法、绘画、诗词、散文等各方面都有很高造诣。他写的关于杭州的诗不少是描述景点在雨中的景色，可见千年之前的杭州就是多雨的城市。的确，雨中的杭州别有一番风情。今天要说的就是他写的《有美堂暴雨》：

> 游人脚底一声雷，满座顽云拨不开。
> 天外黑风吹海立，浙东飞雨过江来。
> 十分潋滟金樽凸，千杖敲铿羯鼓催。
> 唤起谪仙泉洒面，倒倾蛟室泻琼瑰。

此诗大意为：那一阵惊雷好似在游人的脚底下突然响起，浓厚的云朵仿佛已进入有美堂，浓黑得拨不开。狂风挟带着乌云，把远在天边的海水吹得如山一般直立，暴雨从浙东渡过钱塘江，突然袭击杭城。西湖犹如盛满了雨水的巨大酒杯，湖水被灌满，几乎要溢了出来；密集的雨点如同羯鼓一样敲打着湖面、山林、大地。我真想唤来醉仙李白，让他用山间的飞泉洗脸，醒过来看看眼前这奇特的景象，这雨似是把蛟龙宫

有美堂遗址

室里的珠玉洒向了人间。

《有美堂暴雨》是苏轼于熙宁六年（1073）初秋作，苏轼此时任杭州通判。这首诗描写了突然而至的暴雨，有声响、有景致、有形状、有色彩，更有丰富的联想和想象，视觉感非常强。读此诗，我们仿佛置身于当时雷声隆隆、暴雨倾盆的场景中，真是传神之笔。

读罢此诗，读者可能会好奇，有美堂在杭城的哪里呢？

北宋时，有美堂在吴山上，且很有来历。嘉祐二年（1057），梅挚出任杭州知州，宋仁宗赵祯亲自赋诗送行：

赐梅挚知杭州

地有湖山美，东南第一州。

剖符宣政化，持橐辍才流。

暂出论思列，遥分旰食忧。

循良勤抚俗，来暮听歌讴。

一位州官赴任，皇帝亲自赋诗送行，那还得了？顺便插一句，宋仁宗对杭州之美评价极高。梅挚到杭州后，为回报皇恩，在吴山顶上建了一座楼台，取名"有美堂"，源自诗中"地有湖山美，东南第一州"之句。

有美堂建成后，梅挚请欧阳修写了一篇《有美堂记》。欧阳修是何许人也？当时欧阳修不但官至参知政事，而且是文坛领袖。欧阳修在《有美堂记》中这样写道：

> 今其民幸富完安乐，又其俗习工巧。邑屋华丽，盖十余万家。环以湖山，左右映带。而闽商海贾，风帆浪舶，出入于江涛浩渺、烟云杳霭之间，可谓盛矣！而临是邦者，必皆朝廷公卿大臣，若天子之侍从，又有四方游士为之宾客。故喜占形胜，治亭榭。相与极游览之娱。然其所取，有得于此者，必有遗于彼。独所谓有美堂者，山水登临之美，人物邑居之繁，一寓目而尽得之。盖钱塘兼有天下之美，而斯堂者，又尽得钱塘之美焉。宜乎公之甚爱而难忘也。

此文大意为：杭州这个地方的老百姓生活富裕、安定，能够享受快乐生活。这个地方有许多手艺精湛的工匠，房屋非常华丽，有十万多间。整个城市与西湖、山林融为一体。来自福建的许多商船，穿梭于钱塘江和浩瀚的大海之间。来这个地方的人，不是朝廷的公卿大臣，就是皇上的侍从，或者是来自各地喜欢旅游的人。很多人在西湖边寻找合适的地方，买地建房，还筑起了亭台和水榭。朋友们在聚会的同时还能饱览湖光山色。在钱塘的其他地方，虽然也可以看到种种美景，但都不是全景。只有在有美堂里，钱塘山水之美和杭州人居物产之盛才会尽收眼底。人们说钱塘这个地方收有天下的美景，而有美堂又把钱塘之美尽收眼底，这确实是梅挚先生非常喜欢这个有美堂而且很难忘怀的原因。

应该说欧阳修的《有美堂记》对杭州的评价是客观的，对有美堂的描述也是客观的。于吴山上登楼阁，欣赏杭城美景，左牵钱塘江，右揽西湖，湖光山色和参差十万人家尽收眼底。

得到了欧阳修的《有美堂记》，梅挚又请北宋著名书法家蔡襄为之书丹，勒石立碑于有美堂前。于是，一个著名景点就这样诞生于吴山之上。有两位当时一流文化名人的联手作品，有美堂不可能不出名，文人雅士当然要去登临赏景，少不了要吟诗赋词。

熙宁六年（1073），苏东坡游有美堂，暴雨突至，便有了即景而作的《有美堂暴雨》。到了第二年，知州陈襄调离杭州前，在有美堂设宴告别亲朋好友（可见有美堂已成官宦文人的应酬场所）。应陈襄之请，苏东坡即席写下了《虞美人·有美堂赠述古》：

> 湖山信是东南美，一望弥千里。使君能得几回来？便使樽前醉倒更徘徊。

> 沙河塘里灯初上，水调谁家唱？夜阑风静欲归时，惟有一江明月碧琉璃。

宋樟

　　此词大意为：大自然的湖光山色，要数钱塘最美。登有美堂远眺，能看到千里之外。此去，您何时才能再回杭州？您醉倒在这里吧，就当作徘徊。河边华灯初上，是谁在弹唱水调？在夜深人静回家的时候，在一轮明月的映照下，钱塘江澄澈得像一块碧绿的琉璃。

　　这首词既称赞了杭州湖山的美好景色，又充分表达了苏轼对陈襄的依依惜别之情。

　　可惜的是，有美堂在南宋时已被毁，后世在有美堂遗址上曾建至德观，屡毁屡建，终于没了踪迹。今人为纪念这段历史，在有美堂遗址前立欧阳修《有美堂记》石碑，当然不可能是蔡襄的手迹。

　　据传，当年有美堂前的大樟树今天仍在，樟树下有石刻"宋樟"二字。究竟真伪如何？未知。不过，在吴山上，乃至在杭州，有这样的古树也是极为难得的。古树名木保护牌上标着——树龄：730年。

　　能不能重修有美堂呢？

望湖楼下水如天

外地游客来杭州，断桥是必到之处。距离断桥几百米处的北山路边，宝石山下，有一处绿树掩映、岩峦烘托、飞檐凌空、典雅古朴的楼阁，陪同的人无论是导游还是朋友，都会简单地告诉你，这是望湖楼，苏东坡有一首诗里写的"望湖楼下水如天"，说的就是这里。然后一行人会匆匆而过，向断桥奔去，少有人登楼。

偶尔也有心细的人会问，望湖楼距离西湖湖岸近百米，怎么会"望湖楼下水如天"呢？

问得好。

望湖楼曾经是杭州西湖的著名景点，原建筑早已不存。现在我们看到的望湖楼是20世纪80年代重建的。

望湖楼原名看经楼，在当时的昭庆寺（现在杭州青少年活动中心）前，始建于乾德五年（967），是吴越王钱弘俶所建，到宋时改名为望湖楼。为什么取名看经楼？可能与昭庆寺相关。昭庆寺是钱弘俶的父亲钱元瓘所建，当时称菩提院。宋太平兴国七年（982），敕赐"大昭庆寺"。昭庆寺

望湖楼

曾经是一个规模宏大的寺院，寺院外围建筑一直延伸到西湖边。因此，在昭庆寺前西湖边建看经楼（望湖楼）似乎是顺理成章的事情了。

游客从西湖码头登岸后，沿着石板路穿过石牌坊和山门，便到了天王殿前的万善桥。万善桥的西面还有一座涵胜桥，西湖水由南往北，再由西往东，流经涵胜桥和万善桥后，注入青莲池。1926年，西湖边拓建马路，拆掉了昭庆寺的前殿天王殿，万善桥也不复存在了，还填平了桥下的青莲池，但殿前的古樟至今仍存数株。

登望湖楼，近观碧波如镜，远眺群山环绕，湖中画舟点点，湖中三岛如三颗明珠闪烁于湖水之上，有时朦朦胧胧，有时清晰如画。望湖楼是煮茗把酒、欣赏西湖万种风情的绝佳之处，因此，引来了历代许多文人墨客。其中，最出名的肯定是苏轼了，他的《六月二十七日望湖楼醉书》令望湖楼声名远播：

（其一）

黑云翻墨未遮山，白雨跳珠乱入船。

卷地风来忽吹散，望湖楼下水如天。

此诗大意为：翻滚的乌云上涌，就如墨汁泼下，却还有山峦未被遮盖。雨滴像白玉珠子一般，落入船里。忽然间狂风卷地而来，满天的乌云被吹散，西湖的碧波与蓝天浑然一体。

熙宁五年（1072）六月二十七日，苏轼和友人一起泛舟西湖。六月天气多变，不一会，艳阳高照转为乌云密布，继而风雨大作，船夫赶紧把他们送到就近的望湖楼。他们在望湖楼里边饮酒边欣赏西湖美景。此时，苏轼不可能不诗兴大发，于是有了《六月二十七日望湖楼醉书》，可惜苏轼醉书的墨宝没能流传下来。如果流传下来，那会是怎样的一种恣意汪洋啊！

其实，苏轼那天在望湖楼写的《六月二十七日望湖楼醉书》不是一首诗，而是五首诗，最为人们熟知的就是上面这首，让我们再来读一读其余四首：

（其二）

放生鱼鳖逐人来，无主荷花到处开。

水枕能令山俯仰，风船解与月裴回。

（其三）

乌菱白芡不论钱，乱系青菰裹绿盘。

忽忆尝新会灵观，滞留江海得加餐。

（其四）

献花游女木兰桡，细雨斜风湿翠翘。

无限芳洲生杜若，吴儿不识楚辞招。

（其五）

未成小隐聊中隐，可得长闲胜暂闲。

我本无家更安往，故乡无此好湖山。

　　四首诗大意为：鱼鳖虽然已经被放生却还追赶着人们，不知道谁种下的荷花连片盛开，很是壮观。躺在被风吹得晃晃悠悠的游船里，流连忘返。湖里生长的乌菱和白芡不用花钱买，水中的雕胡米就像被包裹在绿盘里。回想起在会灵观品尝新米，漂荡在江海上确实应该多吃一些食物。热情的采莲女采来荷花送给游人，她们头上的翠翘被细雨打湿，仍然不失乡野之美。小洲上长满了香草，也许采莲女并不知道那是《楚辞》里说的香草。我不一定能隐居山林，但想法儿做个闲官暂时还是可以的。我本来就没有家，不安身在这里又能去哪里呢？何况就算我有故乡，那里也没有像这里这样优美的湖光山色。

　　几乎是同样的季节同样的情境，元祐四年（1089）七月，苏轼以龙图阁学士除知杭州军州事，还与朋友雨中游西湖，又写下了《与莫同年雨中饮湖上》（莫同年指莫君陈，他与苏轼同为嘉祐二年进士，所以称同年）一诗：

西湖

到处相逢是偶然，梦中相对各华颠。

还来一醉西湖雨，不见跳珠十五年。

"还来一醉西湖雨，不见跳珠十五年"，苏轼想起了十几年前泛舟西湖风雨骤至，想起了当时写《六月二十七日望湖楼醉书》的情景，感慨时光飞逝。

苏轼是真的喜欢望湖楼，他有一首《临江仙·疾愈登望湖楼赠项长官》：

多病休文都瘦损，不堪金带垂腰。望湖楼上暗香飘。和风春弄袖，明月夜闻箫。

酒醒梦回清漏永，隐床无限更潮。佳人不见董娇饶。徘徊花上月，空度可怜宵。

项长官，苏轼同僚。休文，南朝梁文学家沈约，字休文，体弱多病。

元祐五年（1090）春，苏轼卧病一月余，病愈后和同僚项长官登上望湖楼赏景，写了这首词赠项长官。

此词大意为：体弱多病的休文连垂腰的金带都不堪佩系了。花香在望湖楼四处飘散，春风吹拂着我的衣袖，举头仰望，皓月当空，耳边传来悠扬的箫声。酒喝多了酣睡，漏壶的滴水声，惊醒了我的梦。侍酒的美人不见了，自己像月亮独自徘徊在天空般寂寞，如此度过一个良宵也真是太遗憾了。

苏轼刚刚病愈，身体虚弱，夜晚登上望湖楼，填词抒发心绪的孤寂。

古人在望湖楼留下的诗篇不少，这里选几首。

北宋李建中（945—1013），字得中，京兆（今陕西西安）人，曾任太常博士等职，写有《杭州望湖楼》：

> 小艇闲撑处，湖天景物微。
>
> 春波无限绿，白鸟自由飞。
>
> 落日孤汀远，轻烟古寺稀。
>
> 时携一壶酒，恋到晚凉归。

北宋蒋堂（980—1054），字希鲁，常州宜兴（今属江苏）人，写有《寄题望湖楼》：

> 城上危楼势孤峙，楼头尽见湖中水。
>
> 水色澄明游者多，古来雅以鉴为比。
>
> 家家画舫日斜归，处处菱歌烟际起。
>
> 清涟蒙润一都会，碧底涵空三百里。

溥哉利及镇东人，而我常嗟马臻死。

今兹史君多感慨，所以望湖心不已。

频登雉堞追古往，盛集宾朋为宴喜。

楼南极目芙蓉花，万叠红英照千骑。

北宋潘阆（？—1009），宋初著名隐士，字逍遥，大名（今属河北）人，今存《酒泉子》十首，写有《望湖楼上作》：

望湖楼上立，竟日懒思还。

听水分他浦，看云过别山。

孤舟依岸静，独鸟向人闲。

回首重门闭，蛙鸣夕照闲。

北宋王安石（1021—1086），字介甫，号半山，抚州临川（今江西抚州）人，写有《杭州望湖楼回马上作呈玉汝乐道》：

水光山气碧浮浮，落日将归又少留。

从此只应长入梦，梦中还与故人游。

王安石与韩缜、杨畋同游西湖登望湖楼，分别后，在马上作诗。才分手就牵挂，可见朋友情谊之深。

南宋林季仲（生卒不详），字懿成，号竹轩，永嘉（今浙江温州）人，写有《登望湖楼》：

胡尘漠漠暗中州，无力持颠漫自忧。

花鸟相逢非昔日，不堪重上望湖楼。

林季仲在宋高宗时为官，反对秦桧和议，做过婺州知州。这首诗写出了诗人登上望湖楼时的沉重心情。也许诗人登上望湖楼参加官方活动时身不由已，虽然眼前湖光山色迷人，但想到了北方大好河山沦落。这首诗与林升的"西湖歌舞几时休"，陆游的"遗民泪尽胡尘里，南望王师又一年"都表达了类似的情感。

清代郭麟（1767—1831），字祥伯，号频伽，吴江（今属江苏）人。在登上望湖楼时，联想到苏轼的《六月二十七日望湖楼醉书》，他写下了《永调歌头·望湖楼》，怀想苏轼：

> 其上天如水，其下水如天。天容水色渌静，楼阁镜中悬。面面玲珑窗户，更著疏疏帘子，湖影淡于烟。白雨忽吹散，凉到百鸥边。
>
> 酌寒泉，荐秋菊，问坡仙。问君何事，一去七百有余年？又问琼楼玉宇，能否羽衣吹笛，乘醉赋长篇？一笑我狂矣，且放总宜船。

此词写景、写史，凭吊先贤，多处引用苏轼的诗词，可见诗人非常尊崇苏轼。

苏轼吉祥寺"斗诗"为牡丹

不只是洛阳牡丹天下闻，在宋代，杭州牡丹也是天下闻，有苏轼的
《吉祥寺赏牡丹》为证：

> 人老簪花不自羞，花应羞上老人头。
>
> 醉归扶路人应笑，十里珠帘半上钩。

吉祥寺如今早已湮没，原址在今杭州仙林苑住宅小区。

此诗大意为：一个老人（指诗人自己）头戴一朵鲜艳的牡丹花，自
己一点都不感到难为情，倒是被插在老人头上的牡丹花会不会感到难为
情呢？赏花饮酒，醉步蹒跚地被人扶着回家，一路上肯定引来街上的人
的嬉笑，十里长街，百姓们纷纷卷起珠帘，笑看这位醉里戴花的官儿。

吉祥寺中有一位叫守璘的和尚擅长种植牡丹花，他在寺中开了一个
牡丹园，园中栽种的牡丹有近百种几千株，各种名贵的品种都有。每年
春季牡丹花开的时候，杭州百姓蜂拥而至来观赏牡丹，许多官员也与民
同乐，来到吉祥寺赶赴牡丹之会。

熙宁五年（1072）五月二十三日，时任杭州通判的苏轼和知州沈立
去吉祥寺僧人守璘的花园中赏牡丹，苏轼的这首诗就是当时赏花饮酒

牡丹亭

的快乐纪实。

　　《武林梵志》记载："吉祥律寺，在安国坊。乾德三年，睦州刺史薛温舍地为寺。治平中，改曰广福，其地多牡丹。"宋室南渡后，起初把这一带征用为文思院军头司，只保留了吉祥寺。明末清初，蔡启

傅（1618—1683，字石公，号昆旸，德清人，清康熙九年状元）题写过
"最吉祥处"四个字。

回过头来再说吉祥寺的牡丹。

苏轼有一篇文章《牡丹记叙》，记录了当年杭州官民同赏牡丹的
盛会：

> 熙宁五年三月二十三日，余从太守沈公观花于吉祥寺
> 僧守璘之圃。圃中花千本，其品以百数。酒酣乐作，州人大
> 集，金盘彩篮以献于坐者，五十有三人。饮酒乐甚，素不饮
> 者皆醉。自舆台皂隶皆插花以从，观者数万人。明日，公出
> 所集《牡丹记》十卷以示客，凡牡丹之见于传记与栽植接养
> 剥治之方，古今咏歌诗赋，下至奇怪小说皆在。余既观花之
> 极盛，与州人共游之乐，又得观此书之精究博备，以为三者
> 皆可纪，而公又求余文以冠于篇。盖此花见重于世三百余
> 年，穷妖极丽，以擅天下之观美，而近岁尤复变态百出，务
> 为新奇以追逐时好者，不可胜纪。此草木之智巧便佞者也。

这篇短文记录了杭州近一千年前的牡丹花会盛况。州府官员到场，
百姓踊跃参与，赏花、饮酒、作乐，从地位最低的小吏起，各个头插牡
丹花，花会现场居然有数万人。如此壮观的场面，完全可以与当下在杭
州举办的各种花展相媲美。

在这次牡丹花会上，杭州知州沈立举行了他的新书《牡丹记》的
"首发式"，这本书有十卷，包括传记、栽植技法、古今有关牡丹的咏
歌诗赋和小说、笔记等，内容十分丰富，苏轼应邀为这本书写了序。

苏轼与吉祥寺的牡丹颇有诗缘。熙宁五年（1072）冬至日，苏轼独自去吉祥寺走了一圈，回来后作诗一首《冬至日独游吉祥寺》：

> 井底微阳回未回，萧萧寒雨湿枯荄。
>
> 何人更似苏夫子，不是花时独肯来。

此诗大意为：春天还未归来，没有一点暖意，寒雨打湿了牡丹的枯枝。有谁像我这样，明明知道还没有到牡丹花开的时节，却偏要独自来牡丹园。

可见，吉祥寺牡丹花给苏轼留下的印象极为深刻。

过了十来天，苏轼又一次来到吉祥寺，而且又作一首诗《后十余日复至》：

> 东君意浅着寒梅，千朵深红未暇裁。
>
> 安得道人殷七七，不论时节遣花开。

此诗大意为：现在这个季节只有不怕寒冷的梅花还在盛开，其他各种各样的花东君都还没有来得及剪裁。怎样才能找到殷七七（传说殷七七是一位能够让花随时开放的奇异道人），请他帮忙让牡丹在寒冷的冬天开放。

可见，苏轼迫切地渴望看到牡丹花的盛开。

熙宁六年（1073）春，牡丹花开时节，前一日，苏轼邀请新任知州陈襄一起到吉祥寺观赏牡丹。第二天，苏轼早早来到吉祥寺等待陈襄的到来，可是左等右等就是不见陈襄的人影。正在焦急之时，衙役来报，陈襄因临时有公务要处理，脱不开身。闷闷不乐的苏轼随手写了一首诗交给衙役，让衙役带回去交给陈襄——《吉祥寺花将落而述古不至》：

牡丹花组图

今岁东风巧剪裁，含情只待使君来。

对花无信花应恨，直恐明年便不开。

此诗大意为：今年牡丹花开得特别好，含情脉脉地等待您来观赏，您答应来赏花而未来，失信于牡丹，它会怨恨于你，恐怕明年花不会再开了。

第二天，陈襄来到吉祥寺观赏牡丹花，并即席赋诗《春晚赏牡丹奉呈席上诸君》，以此感谢苏轼和众人：

逍遥为吏厌衣冠，花谢还来赏牡丹。

颜色只留春别后，精神宁似日前看。

雨余花萼啼残粉，风静奇香喷宝檀。

只恐明年花更好，不知谁与并栏干。

此诗大意为：我喜欢逍遥做官但不喜欢这身刻板的官服，等到牡丹快要谢了，我才赶来观赏，总算是赶上了。连续下雨使得花萼里只剩下一点残粉，可是一阵风吹来，还是会把花香传递到四面八方。很可能这里的牡丹明年开得比今年好，只是不知道到那时，能够再在一起观赏牡丹的人还有谁。

才思敏捷的苏轼当即和了一首诗《述古闻之，明日即至，坐上复用前韵同赋》：

仙衣不用剪刀裁，国色初酣卯酒来。

太守问花花有语，为君零落为君开。

熙宁六年（1073）冬，苏轼与陈襄有诗唱和，主题都是歌咏牡丹，苏轼一共写了四首：

和述古冬日牡丹四首

（其一）

一朵妖红翠欲流，春光回照雪霜羞。

化工只欲呈新巧，不放闲花得少休。

（其二）

花开时节雨连风，却向霜余染烂红。

漏泄春光私一物，此心未信出天工。

（其三）

当时只道鹤林仙，解遣秋花发杜鹃。

谁信诗能回造化，直教霜蕊放春妍。

（其四）

不分清霜入小园，故将诗律变寒暄。

使君欲见蓝关咏，更倩韩郎为染根。

苏轼和陈襄友情很深，熙宁八年（1075）七月，共事两年的陈襄从杭州离任，此后苏轼屡屡回忆起与陈襄在吉祥寺参加牡丹盛会的场景。

惜花

吉祥寺中锦千堆，前年赏花真盛哉。

[自注：钱塘花最盛处]

道人劝我清明来，腰鼓百面如春雷，

打彻凉州花自开。沙河塘上插花回，

醉倒不觉吴儿咍，岂知如今双鬓摧。

城西古寺没蒿莱，有僧闭门手自栽，
千枝万叶巧剪裁。就中一丛何所似，
马脑槃盛金缕杯。而我食菜方清斋，
对花不饮花应猜。夜来雨雹如李梅，
红残绿暗吁可哀。

［自注：钱塘吉祥寺花为第一。壬子清明，赏会最盛。金盘彩篮以献于座者五十三人，夜归沙河塘上，观者如山，尔后无复继也。今年，诸家园圃花亦极盛，而龙兴僧房一丛尤奇，但衰病牢落，自无以发兴耳。昨日雨雹如此，花之存者有几？可为太息也。］

吉祥寺僧求阁名

过眼荣枯电与风，久长那得似花红。
上人宴坐观空阁，观色观空色即空。

这首诗说的是吉祥寺僧人求苏轼题写寺阁名，估计苏轼一定会爽快地答应，可惜苏轼的墨宝没有留下来。

与苏轼同时代的蔡襄（1012—1067），字君谟，兴化仙游（今福建仙游）人。他工书法，擅茶艺，曾任杭州知州。他也是一位痴迷牡丹花的诗人，相传蔡襄曾经与苏轼"斗茶"。

蔡襄留下了不少咏吉祥寺牡丹花的佳作：

吉祥寺赏牡丹对月

花未全开月未圆，看花对月思依然。
明知花月无情物，若使多情更可怜。

杭州访吉祥璘上人追感苏才翁同赏牡丹

曾乘春饮绕花畦，花底余香入燕泥。

剪处佳人传烛下，归时明月到云西。

重来草树惊秋色，零落交朋感旧题。

若使他年逢胜赏，一觞知复共谁携。

十八日陪提刑郎中吉祥院看牡丹

节候初临谷雨期，满天风日助芳菲。

生来已占妙香国，开处全烘直指衣。

揽照尽从乌帽重，放歌须遣羽觞飞。

前驺不用传呼宠，待与游人一路归。

杭州璘上人以花栽数种见寄

名园参差十数窠，商船千里任风波。

土花分破根株小，春色随来意气多。

欲种更看移树法，将开须与傍栏歌。

中年渐不胜杯酌，红翠他时奈尔何。

苏轼连写五首观潮诗

　　壮观的钱塘江潮吸引了历代诗人，他们也留下了很多观潮诗。古代诗人中谁写的观潮诗最多？大概要数苏轼了。

　　苏轼曾经一口气写过五首观潮诗——《八月十五日看潮五绝》：

（其一）

定知玉兔十分圆，化作霜风九月寒。

寄语重门休上钥，夜潮流向月中看。

（其二）

万人鼓噪慑吴侬，犹似浮江老阿童。

欲识潮头高几许？越山浑在浪花中。

（其三）

江边身世两悠悠，久与沧波共白头。

造物亦知人易老，故叫江水向西流。

（其四）

吴儿生长狎涛渊，冒利轻生不自怜。

东海若知明主意，应教斥卤变桑田。

南宋夏圭《钱塘秋潮图》

（其五）

江神河伯两醯鸡，海若东来气似霓。

安得夫差水犀手，三千强弩射潮低。

《八月十五日看潮五绝》这五首诗，苏轼作于熙宁六年（1073）的中秋，当时他任杭州通判。第一首诗写诗人有出去看钱塘江潮的打算。第二首诗描绘了钱塘江潮的气势磅礴。第三首诗抒写了诗人看潮后的感慨。第四首诗描写了诗人对看潮的想法——怜惜弄潮人重利轻生，讽喻当时朝廷兴建的一些水利设施没有给百姓带来实惠。第五首诗写了诗人想象倘若能得到当年夫差手下的穿着水犀之甲的猛士，用上钱镠射潮的三千强弩，就能把大潮制服，使百姓免于灾害。这五首诗有虚有实，虚实结合，有描述、有感慨、有想象，反映了苏东坡常怀忧国忧民之心。

《瑞鹧鸪·观潮》是苏东坡写的一首观潮词：

碧山影里小红旗，侬是江南踏浪儿。拍手欲嘲山简醉，齐声争唱浪婆词。

西兴渡口帆初落，渔浦山头日未敧。侬欲送潮歌底曲？樽前还唱使君诗。

踏浪儿，指冲浪者。山简，晋人，好酒。西兴渡口，在钱塘江南岸。使君，指杭州知州陈襄，当天他与苏东坡一同观潮。

此词大意为：那些在碧波中舞动着小红旗的勇士，你们是踏浪而舞的弄潮儿。拍手想笑我像山简那样酩酊大醉，我正欣赏着两岸观潮人唱的浪婆词。近处西兴渡口赛舟的帆刚刚落下，远方渔浦山头的太阳还没有西下。我该唱哪一支曲送走潮水呢？我看对酒还应高歌知州陈襄作的诗。

这首词写了弄潮儿在浪涛中自由、活泼的形象，写了钱塘江潮退潮时候的景象，写了观潮者唱起"使君诗"作为送潮曲，可以说是生动地描绘了当时杭州百姓生活的一个截面。

苏轼在"杭州观潮五首"条云："熙宁六年，任杭州通判，因八月十五日观潮作诗五首，写在安济亭上。"即《八月十五日看潮五绝》。因此可知，这些诗词都作于熙宁六年（1073）八月十五日。

苏轼不光观赏江潮，还动脑筋"治潮"。元祐四年（1089），苏轼

钱塘江潮

任杭州知州，他通过考察得知，衢、睦、处、婺、宣、歙、饶、信等州
及福建八州的人民往来时，都需在龙山附近渡江，但不少船会被巨大的
钱塘江潮水掀翻，"老弱叫号，求救于湍沙之间，声未及终，已为潮水
卷去"，"能自全者，百无一二"，公私财物一年要损失几千万贯。沿
江各州人民生活必需的盐、米、薪也需借钱塘江运输，但浮山一带水势
险恶，船只很难安全航行。苏轼谋划治潮良策，在元祐六年（1091），
从前信州知州侯临那儿访知，只要在钱塘江上游一处名叫石门的地方开
凿一条运河，即可避开浮山之险。于是，他邀约转运司官员叶温叟、张
璚一同前往石门一带实地考察，考察后一致认为侯临的设想是可行的。
于是，他请侯临写了《开石门河利害事状》，请人做了开石门河所需的
人工、材料、钱米等工程预算，又绘了一幅施工图。同年三月，苏轼上
奏朝廷《乞相度开石门河状》，连同工程预算、施工图及侯临的书状一
并上报，请求宋哲宗和听政的太皇太后拨钱十五万贯，允许调用三千军
人，用来开凿石门河，还建议朝廷派侯临监督施工，计划用两年时间完
成这一工程。做完了"工程立项"，元祐六年（1091）八月，苏轼就调
离杭州去颍州上任了。

苏轼还有一首《催试官考较戏作》，开头两句被视为对钱塘江潮
的最高评价：

八月十八潮，壮观天下无。

鲲鹏水击三千里，组练长驱十万夫。

红旗青盖互明末，黑沙白浪相吞屠。

人生会合古难必，此情此景那两得。

愿君闻此添蜡烛，门外白袍如立鹄。

苏轼将钱塘江潮的汹涌壮观景象描述得别具一格，还夹有对世事人生的感慨，也是触景生情。

和白居易一样，苏轼对钱塘江潮的印象极深。离开杭州很多年以后，苏轼又写了一首观潮诗——《观潮》：

> 庐山烟雨浙江潮，未到千般恨不消。
>
> 及至到来无一事，庐山烟雨浙江潮。

这首诗是宋徽宗建中靖国元年（1101）苏轼在常州写给小儿子苏过的，类似偈语，与他以前的诗，风格迥异。

这年，苏过将就任中山府通判，苏轼写了此诗送他。此诗仅从字面解释是很简单的，但简单中又蕴含着不简单，颇有禅机。

诗的大意为：庐山的烟雨和浙江潮，不去观赏遗憾终身。我终于亲临两地看到了烟雨蒙蒙的庐山和汹涌澎湃的浙江潮，却没有什么特别的感受，也不过就是烟雨蒙蒙的庐山和汹涌澎湃的浙江潮。

《五灯会元》卷十七载青原惟信禅师语录："老僧三十年前未参禅时，见山是山，见水是水。及至后来，亲见知识，有个入处，见山不是山，见水不是水。而今得个休歇处，依前见山是山，见水是水。大众，这三般见解，是同是别？有人缁素得出，许汝亲见老僧。"

"三般见解"，指禅悟的三个阶段，苏轼这首诗，用的正是此意。经历了人生道路的潮起潮落后，苏轼写此诗是否可以用"不过如此"来解释？也许他想告诉苏过的就是这个意思吧，别把仕途起伏看得太重。

这样意蕴深重，在众多的观潮诗词中，少见。

当年七月二十八日，苏轼于常州病逝。

何时有了苏堤名？

楼外楼头雨似酥，淡妆西子比西湖。

江山也要文人捧，堤柳而今尚姓苏。

这是民国二十四年（1935）夏，中国现代著名作家郁达夫在杭州西湖楼外楼写下的诗《乙亥夏日楼外楼坐雨》。

民国二十二年（1933）四月，郁达夫由上海移居杭州，在杭州写下了不少山水游记和诗词。

遥想当年，郁达夫饮酒于楼外楼，恰逢细雨蒙蒙，眺望苏堤，翠色蜿蜒，正所谓"晴西湖不如雨西湖"，兴之所至，郁达夫吟出了这首诗。

这首诗突出了苏轼的文人地位，把杭州，特别是西湖景观与文人的关系定位成以文人为主导，这多少反映了作者作为文人的"自恋"。其实苏轼在修筑苏堤时，倒真的只是从官员的身份出发考虑改善民生。

元祐五年（1090）四月二十九日，苏轼在杭州知州任上，他在上奏朝廷的《乞开杭州西湖状》中说："熙宁中，臣通判本州，则湖之葑合，盖十二三耳。至今才十六七年之间，遂堙塞其半。父老皆言十年以来，水浅葑横，如云翳空，倏忽便满，更二十年，无西湖矣。使杭州而

苏堤

苏堤

无西湖，如人去其眉目，岂复为人乎？"

紧接着他在奏章中列出了疏浚西湖的五条理由：保障市民饮用水、灌溉农田、保护生态、疏浚河道、保护官营酿酒业发展（朝廷重要的税收来源）。朝廷同意了苏轼的奏请。

至于在疏浚西湖的过程中，利用挖出的葑泥构筑长堤，南起南屏山麓，北到栖霞岭下，全长近三千米，连接了西湖南山与北山，给西湖增添了一道靓丽的风景线，那完全是疏浚西湖的"副产品"，只能说明苏轼特别善于治理城市。

苏轼有诗纪事：

> 轼在颍州与赵德麟同治西湖，未成，改扬州。
> 三月十六日湖成，德麟有诗见怀，次其韵

> 太山秋毫两无穷，巨细本出相形中。
> 大千起灭一尘里，未觉杭颍谁雌雄。
> 我在钱塘拓湖渌，大堤士女争昌丰。
> 六桥横绝天汉上，北山始与南屏通。
> 忽惊二十五万丈，老葑席卷苍云空。
> 揭来颍尾弄秋色，一水萦带昭灵宫。
> 坐思吴越不可到，借君月斧修朣胧。
> 二十四桥亦何有，换此十顷玻璃风。
> 雷塘水干禾黍满，宝钗耕出余鸾龙。
> 明年诗客来吊古，伴我霜夜号秋虫。

苏轼此诗作于元祐七年（1092）扬州知州任上。

元祐六年（1091）苏轼从杭州调任颍州知州，与赵令畤（原先字

苏东坡纪念馆（苏堤南端）

景贶，后来苏轼为他改字德麟，宋太祖次子燕王德昭玄孙，苏轼任颍州知州时，赵令畤为通判，二人为好友）一起疏浚颍州西湖。第二年，即元祐七年（1092），疏浚颍州西湖工程还没有完工，苏轼又调任扬州知州，后来赵令畤寄来诗笺，告诉苏轼，疏浚颍州西湖的工程已经完成，苏轼便写了此诗作答。在诗中，苏轼回忆疏浚杭州西湖的过程，湖中挖出的淤泥筑成了长堤，上植杨柳，又架筑了六桥，使杭州西湖面目一新。

太山，即泰山。杭颍，指杭州西湖与颍州西湖。六桥，指苏堤六桥。二十四桥，杜牧的《寄扬州韩绰判官》中有"二十四桥明月夜，玉人何处教吹箫"一句。十顷玻璃，指湖水清澈，看上去像玻璃一样透明。

南宋叶肖岩《西湖十景图·苏堤春晓》

　　此诗大意为：泰山高大，但不是最大的；秋毫细微，但不是最小的。事物的大和小只存在于相互比较之中。大千世界里，生成和毁灭总是从微小开始的，杭州与颍州的两个西湖没有优劣之分。我在钱塘时疏浚西湖，使湖水清澈，男男女女在十里长堤上游乐。横跨湖面的六桥看上去如同跨越在天上的银河上，北山和南屏山因为有了长堤才开始相连。当初人们惊讶二十五万丈宽的葑田，如乌云密布般，如何处置呢？现在都被用来筑堤，这样的废物利用，变成了西湖的一道景色。前些天我在颍州西湖欣赏秋色，湖水犹如一条绿色的锦带环绕着昭灵宫。此情此景，让我想起了杭州的西湖，可惜我不可能再去杭州看看西湖了。现在借你的手疏浚颍州西湖，使得湖水清澈，即使要用扬州二十四桥来换颍州西湖的绿水清风，我觉得也是值得的。雷塘水已干涸并长满了禾

望山桥

黍，种田人在淤泥中挖出了前朝宫人的金钗。如果明年你来扬州凭吊，我会和秋虫一起在凉夜里陪伴你。

后人为了感恩并纪念苏轼治理西湖的功绩，把杭州西湖中的这条南北向的长堤称为苏堤。

那么，何时有了苏堤的名称呢？

据吴自牧（南宋末年钱塘人，生平事迹不详）所著的《梦粱录》卷十二记载："曰苏公堤。元祐年东坡守杭，奏开浚湖水，所积葑草，筑为长堤，故命此名，以表其德云耳。自西迤北，横截湖面，绵亘数里；夹道杂植花柳，置六桥，建九亭，以为游人玩赏驻足之地。咸淳间，朝家给钱，命守臣增筑堤路，沿堤亭榭再一新，补植花木。向东坡尝赋诗云：'六桥横绝天汉上，北山始与南屏通。忽惊二十五万丈，老葑席卷苍烟空。'"

可见，苏堤的名称应当始于南宋。

在南宋时，朝廷出资在堤上筑路，还对堤上的亭榭进行了修葺，并且在堤上广种花木，真正形成了苏堤景观。

南宋时把西湖及其周边的十处特色风景称为"西湖十景"，分别为：苏堤春晓、断桥残雪、曲院风荷、花港观鱼、柳浪闻莺、雷峰夕照、三潭印月、平湖秋月、双峰插云、南屏晚钟。至于"西湖十景"具体形成于哪一年，无考。

南宋时，苏堤春晓被列为西湖十景之首，元代又称之为六桥烟柳，将其列入"钱塘十景"。苏堤春晓是指寒冬过后，苏堤花柳争发，有报春的意思在里面。

苏堤由南向北有映波桥、锁澜桥、望山桥、压堤桥、东浦桥和跨虹桥，杭州人将这六座桥俗称为"六吊桥"，现在苏堤望山桥南面的御碑亭里立有康熙所题的"苏堤春晓"碑刻。

历来咏苏堤的诗词有许多，这里选录一部分。

南宋葛天民（生卒年不详），字无怀，山阴（今浙江绍兴）人，居杭州西湖，著有《无怀小集》，写有《正月二十七雨中过苏堤》：

> 一堤杨柳占春风，柳外群山细雨中。
>
> 人苦未晴浑不到，只宜老眼看空濛。

此诗点出了苏堤报春的特点，还借用苏轼"山色空濛雨亦奇"的意境来描绘苏堤的景色。

按葛天民生活的年代推断，苏轼疏浚西湖并筑堤后大约七十年，就有了"苏堤"的名称了。

南宋吴唯信（生卒年不详），字仲孚，雪川（今浙江湖州）人，南宋后期诗人，写有《苏堤清明即事》：

> 梨花风起正清明，游子寻春半出城。
>
> 日暮笙歌收拾去，万株杨柳属流莺。

此诗前两句描写了清明时节西湖的景色和百姓游春的热闹场面，后两句说太阳下山以后，游人散了，西湖清静了，幽美的景色就被飞回来的黄莺享受了。

南宋陈郁（1184—1275），字仲文，号藏一，临川（今江西抚州）人，南宋著名诗人，写有《苏堤晓望》：

> 荷边清露袭人衣，风里明蟾浴晓池。
>
> 凉影润香吟不得，手扳堤柳立多时。

南宋汪元量（1241—1317），字大有，号水云，钱塘（今浙江杭

苏堤

州）人，写有《鹧鸪天》：

> 潋滟湖光绿正肥。苏堤十里柳丝垂。轻便燕子低低舞，小巧莺儿恰恰啼。
>
> 花似锦，酒成池。对花对酒两相宜。水边莫话长安事，且请卿卿吃蛤蜊。

元代尹廷高（生卒年不详），字仲明，号六峰，处州遂昌（今属浙江）人，著有《玉井樵唱正续稿》，写有《苏堤春晓》：

> 翰苑诗人去不还，长留遗迹重湖山。
> 一钩残月莺呼梦，诗在烟光柳色间。

元末明初的瞿佑（1347—1433），字宗吉，号存斋，钱塘（今浙江杭州）人，曾因诗获罪，写有《摸鱼儿·苏堤春晓》：

> 望西湖、柳烟花雾，楼台非远非近。苏堤十里笼春晓，山色空濛难认。风渐顺。忽听得，鸣榔惊起沙鸥阵。瑶阶露润。把绣幕微搴，纱窗半启，未审甚时分。
>
> 凭阑处，水影初浮日晕。游船未许开尽。卖花声里香尘起，罗帐玉人犹困。君莫问。君不见、繁华易觉光阴迅。先寻芳信。怕绿叶成阴，红英结子，留作异时恨。

元代冯子振（约1257—约1348），字海粟，攸州（今湖南攸县）人，元代散曲名家，写有《鹦鹉曲·忆西湖》：

> 吴侬生长西湖住，斜画舫听棹歌父。
> 苏堤万柳春残，曲院风荷番雨。
> 草萋萋一道腰裙，软绿断桥斜去。
> 判兴亡说向林逋，醉梅屋梅梢偃处。

明代李攀龙（1514—1570），字于鳞，号沧溟，历城（今山东济南）人，明代著名文学家，写有《苏堤春晓》：

> 桃红柳绿竞春天，澹点烟波倚岸妍。
> 画舫停桡观翠袖，长堤勒马踏晴烟。

> 花朝曾问西泠渡，谷雨重登锦坞巅。
>
> 纵目楼台穷眺望，万山争列酒杯前。

明代张宁（生卒年不详），字靖之，号方洲，海盐（今浙江海盐）人，著有《方洲集》，写有《苏堤春晓》：

> 杨柳满长堤，花明路不迷。
>
> 画船人未起，侧枕听莺啼。

明代王世贞（1526—1590），字元美，号凤洲，太仓（今属江苏）人，明代文学家、史学家，文坛领袖，写有《泛湖度六桥堤》：

> 拂幰莺啼出谷频，长堤夭矫跨苍旻。
>
> 六桥天阔争虹影，五马飙开散曲尘。
>
> 碧水乍摇如转盼，青山初沐竞舒颦。
>
> 莫轻杨柳无情思，谁是风流白舍人？

明代王瀛（生卒年不详），字十洲，常熟（今江苏常熟）人，画家，写有《苏公堤》：

> 老去寻芳信杖藜，从容踏遍短长堤。
>
> 阴抟烟柳藏莺语，香散风花逐马蹄。
>
> 十里平分湖里外，六桥联跨岸东西。
>
> 坡翁遗惠今犹古，薄暮归来醉欲迷。

第三篇

诗里杭州

东风夜放花千树

南宋杭州人怎样过年？

当年官巷口「花市灯如昼」

平湖秋月在哪里？

十里荷花九里松

天下梅花看孤山

孤山寺迹何处寻

山寺月中寻桂子

白塔钱江型千年

弄潮儿向涛头立

弄潮儿向涛头立

钱塘江大潮为天下奇观。历来吟咏钱塘江潮的诗词有很多，佳句不少。其中，潘阆的"弄潮儿向涛头立，手把红旗旗不湿"流传甚广。

潘阆是北宋初的著名文人，性格狷介，做过滁州参军。他晚年游历大江南北，纵情山水，最后死于泗上，道士冯德之将他葬于杭州。

潘阆著有《逍遥词》一卷，今仅存《酒泉子》十首，都以"长忆"开头，写的都是杭州山水，可见他在杭州游历的时间比较长。

让我们来读一读潘阆《酒泉子·长忆观潮》的全文：

> 长忆观潮，满郭人争江上望。来疑沧海尽成空，万面鼓声中。
>
> 弄潮儿向涛头立，手把红旗旗不湿。别来几向梦中看，梦觉尚心寒。

这首词描述了杭州人观潮，特别是弄潮儿斗潮的情形，生动、形象，别具一格，让人有身临其境的感觉。

《武林旧事》卷三中的"观潮"对观潮、弄潮记述得更详细：

钱塘江潮

　　浙江之潮，天下之伟观也，自既望以至十八日为最盛。方其远出海门，仅如银线；既而渐近，则玉城雪岭，际天而来，大声如雷霆，震撼激射，吞天沃日，势极雄豪。杨诚斋诗云"海阔银为郭，江横玉系腰"者是也。

　　每岁京尹出浙江亭教阅水军，艨艟数百，分列两岸，既而尽奔腾分合五阵之势，并有乘骑弄旗标枪舞刀于水面者，如履平地。倏尔黄烟四起，人物略不相睹，水爆轰震，声如崩山。烟消波静，则一舸无迹，仅有"敌舟"为火所焚，随波而逝。

　　吴儿善泅者数百，皆披发文身，手持十幅大彩旗，争先鼓勇，溯迎而上，出没于鲸波万仞中，腾身百变，而旗尾略不沾湿，以此夸能。而豪民贵宦，争赏银彩。

　　江干上下十余里间，珠翠罗绮溢目，车马塞途，饮食百物皆倍穹常时，而僦赁看幕，虽席地不容间也。

　　此段文字大意为：钱塘江大潮是天下壮观的景象。每年农历八月十六至八月十八，浪潮最大。潮水从远方海口出现时像一条银色的线条，潮水逼近时，就像白玉砌成的城墙，又像雪山一般，浪涛声如惊雷。汹涌的波涛好像要把蓝天吞没，又仿佛在冲击太阳，非常雄壮豪迈。临安知府每年都会到浙江亭检阅水师，几百艘巨大的兵船在江两边排列，这些兵船分分合合，形成五种阵势，还有士兵在船上骑着马匹耍旗、舞刀、弄枪，好像走在平地上一样。猛然间，一声巨响如同高山崩塌，黄色的烟雾腾空而起，笼罩了江面，什么都看不清了。等到烟雾散尽，江面上看不见兵船，只有演习中充当敌军的战船被火焚烧，慢慢沉没于水中。再过了一会儿，江面上出现了几百个人，他们都披散着头发，身上有刺青，手里高高举着十幅大彩旗，逆着水流踏浪向前，还不时变换着各种身姿，然而他们手里的彩旗连旗尾都没有被水沾湿。看到弄潮儿展示自己的才能，许多有钱人和官吏纷纷把银子和绸缎赏赐给他们。在沿江十多里的岸线上，到处都可以看见穿着华丽衣裳、戴着漂亮首饰的观潮者。车马太多，以至于阻塞了道路。路边小贩贩卖的食物、饮品等的价格比平时高出一倍。江边非常拥挤，有的游客租借了帐篷想休息，可是居然找不到一处可以安放帐篷的地方。

《梦粱录》卷四当中的"观潮"也有相似的记载。

潘阆写观钱塘江潮的词的时间不算早，在唐朝，比潘阆早近两百年，就有观钱塘江潮的诗词了。刘禹锡的《浪淘沙》描述了农历八月十八钱塘江大潮之壮观：

八月涛声吼地来，头高数丈触山回。
须臾却入海门去，卷起沙堆似雪堆。

这样的描述与我们今天看到的钱塘江潮相似。

刘禹锡（772—842），字梦得，洛阳（今属河南）人，贞元九年（793）中进士，当过监察御史。后世把他与柳宗元并称为"刘柳"。

与刘禹锡同时代的白居易，是杭州的"老市长"，对钱塘江潮情有独钟。他曾写下《咏潮》：

> 早潮才落晚潮来，一月周流六十回。
>
> 不独光阴朝复暮，杭州老去被潮催。

白居易离开杭州十多年之后，写下《忆江南》词三首，其中第二首单写杭州：

> 江南忆，最忆是杭州。山寺月中寻桂子，郡亭枕上看潮
>
> 头，何日更重游？

白居易最忆杭州哪里？一个是去天竺寺寻访中秋时节的桂子，还有一个是登上郡亭，枕卧其上，欣赏钱塘江大潮。他在感慨什么时候能够再次到这两处一游。白居易最想念的杭州风景，居然不是"绿杨荫里白沙堤"，也不是"蓬莱宫在海中央"的孤山寺，可见天竺寺的桂花和汹涌澎湃的钱塘江潮，在他记忆中印象特别深刻。

此后历代文人墨客都有诗词吟咏钱塘江潮。

唐代的姚合（约775—约846），吴兴（今浙江湖州）人，进士出身，当过秘书少监，写有《杭州观潮》：

> 楼有章亭号，涛来自古今。
>
> 势连沧海阔，色比白云深。
>
> 怒雪驱寒气，狂雷散大音。
>
> 浪高风更起，波急石难沉。
>
> 鸟惧多遥过，龙惊不敢吟。
>
> 坳如开玉穴，危似走琼岑。

但褫千人魄，那知伍相心。

岸摧连古道，洲涨踣丛林。

跳沫山皆湿，当江日半阴。

天然与禹凿，此理遣谁寻。

唐代的罗隐（833—909），字昭谏，新城（今浙江富阳）人，担任过给事中等职，写有《钱塘江潮》：

南宋李嵩《月夜看潮图》

怒声汹汹势悠悠，罗刹江边地欲浮。

漫道往来存大信，也知反覆向平流。

任抛巨浸疑无底，猛过西陵只有头。

至竟朝昏谁主掌，好骑赪鲤问阳侯。

北宋的范仲淹（989—1052），字希文，吴县（今江苏苏州）人，进士出身。庆历三年（1043），他出任参知政事，推行"庆历新政"，受挫后被贬为地方官，当过杭州知州。他的《岳阳楼记》中有"先天下之忧而忧，后天下之乐而乐"的名句，被千古传诵。他写有《和运使舍人观潮二首》之一：

何处潮偏盛？钱塘无与俦。

谁能问天意？独此见涛头。

海浦吞来尽，江城打欲浮。

势雄驱岛屿，声怒战貔貅。

万叠云才起，千寻练不收。

长风方破浪，一气自横秋。

高岸惊先裂，群源怯倒流。

腾凌大鲲化，浩荡六鳌游。

北客观犹惧，吴儿弄弗忧。

子胥忠义者，无覆巨川舟。

《和运使舍人观潮二首》是范仲淹任杭州知州时观看钱塘江大潮所写，这首诗是其中之一。

在范仲淹笔下，钱塘江潮水汹涌澎湃，惊涛拍岸，震动杭城，好像要将一切席卷而去，巨大的涛声像无数勇士的怒吼。天与水合为一体，云雾变幻,在辽阔的江面上,即使是大鲲和大鳖也能畅游无阻。

忧国忧民的范仲淹,虽然晚年多病,但面对钱塘江大潮,还是抒发了自己内心的感慨。

北宋的陈师道(1053—1102),字履常,号后山居士,彭城(今江苏徐州)人,是苏门六君子之一,写有《十七日观潮》:

漫漫平沙走白虹,瑶台失手玉杯空。

晴天摇动清江底,晚日浮沉急浪中。

北宋的李觏(1009—1059),字泰伯,号盱江先生,建昌军南城(今江西抚州)人,精通儒学,写有《忆钱塘江》:

昔年乘醉举归帆,隐隐前山日半衔。

好是满江涵返照,水仙齐著淡红衫。

南宋的陆游(1125—1210),字务观,号放翁,越州山阴(今浙江绍兴)人,宋孝宗时赐进士出身,著有《剑南诗稿》等,写有《观潮》:

江平无风面如镜,日午楼船帆影正。

忽看千尺涌涛头,颇动老子乘桴兴。

涛头汹汹雷山倾,江流却作镜面平。

向来壮观虽一快,不如帆映青山行。

嗟余往来不知数,惯见买符官发渡。

云根小筑幸可归,勿为浮名老行路。

南宋的辛弃疾(1140—1207),字幼安,号稼轩,历城(今山东济南)人,一生力主抗金北伐,但都没有被朝廷采纳。他是豪放派词人代表，著有《稼轩长短句》。他写有《摸鱼儿·观潮上叶丞相》：

> 望飞来、半空鸥鹭，须臾动地鼙鼓。截江组练驱山去，
> 鏖战未收貔虎。朝又暮。消惯得、吴儿不怕蛟龙怒。风波平
> 步。看红旆惊飞，跳鱼直上，蹴踏浪花舞。
>
> 凭谁问，万里长鲸吞吐，人间儿戏千弩。滔天力倦知何
> 事，白马素车东去。堪恨处，人道是、属镂怨愤终千古。功
> 名自误。谩教得陶朱，五湖西子，一舸弄烟雨。

淳熙元年（1174）春，叶衡被召入朝廷担任右丞相，叶衡推荐辛弃疾当仓部郎官。这一年的秋天，辛弃疾赴临安任职，在钱塘江观潮时，写了这首词赠给叶衡。

鼙鼓，一种古代的战鼓。貔虎，古代传说中一种凶猛的野兽，这里比喻勇猛的军队。吴儿，指钱塘江渔夫。

此词大意为：远望天边，钱塘江潮水好像白色鸥鹭从远处飞来，遮住了半片天空。站在岸边听潮水声就如同听到震天响的战鼓声，江上的波峰像千军万马奔腾而来。这里的勇士们天天与水相处，他们觉得像蛟龙一样翻滚的潮水很平常。弄潮儿们踏着波涛如履平地，高举的红旗随风飘扬，他们简直就是在浪花上起舞，又像鱼跃出水面。汹涌的钱塘江潮像巨鲸吐水，当年吴越王聚集万人箭射潮头，想压住潮水，实在是儿戏，不管费多少力也难以阻挡滚滚而来的潮水。伍子胥用属镂自刎化为潮神，他想功成名就却误了性命，留下了千古遗恨。还不如像范蠡与西施那样，悠然自得地驾着小舟漫游五湖，欣赏湖上风光。

这首词着力描绘了钱塘江潮的壮观景象，赞赏了勇士们敢于与狂风巨浪搏斗的无畏精神，同时联想到伍子胥、范蠡的命运和吴越的兴亡。

南宋的赵鼎（1085—1147），字元镇，号得全居士，解州闻喜（今山西闻喜）人，绍兴年间几度为相，因反对和议，为秦桧所构陷，贬为泉州知州。他写有《望海潮·八月十五日钱塘观潮》：

> 双峰遥促，回波奔注，茫茫溅雨飞沙。霜凉剑戈，风生阵马，如闻万鼓齐挝。儿戏笑夫差。谩水犀强弩，一战鱼虾。依旧群龙，怒卷银汉下天涯。
>
> 雷驱电炽雄夸。似云垂鹏背，雪喷鲸牙。须臾变灭，天容水色，琼田万顷无瑕。俗眼但惊嗟。试望中仿佛，三岛烟霞。旧隐依然，几时归去泛灵槎。

南宋的刘黻（1217—1276），字声伯，号蒙川，温州乐清人，写有《钱塘观潮》：

> 此是东南形胜地，子胥祠下步周遭。
> 不知几点英雄泪，翻作千年愤怒涛。
> 雷鼓远惊江怪蛰，雪车横驾海门高。
> 吴儿视命轻犹叶，争舞潮头意气豪。

明代的郑善夫（1485—1523），字继之，号少谷，闽县（今福建福州）人，明弘治进士，著有《郑少谷集》等。他写有《钱塘映江楼宴坐观潮》：

> 钱王此开济，旋入宋山河。
> 潮汐秋来壮，雷霆水上多。
> 尚传江有怒，翻恨海无波。
> 飒飒攒陵树，悲风日夜过。

元代的方行（生卒年不详），浙江黄岩人。他写有《登子胥庙因观钱塘江潮》：

> 吴越中分两岸开，怒涛千古响奔雷。
> 子胥不作忠臣死，勾践终非霸主材。
> 岁月消磨人自老，江山壮丽我重来。
> 鸱夷铁箭俱安在，目断洪波万里回。

清代的施闰章（1618—1683），字尚白，号愚山，宣城（今属安徽）人，写有《钱塘观潮》：

> 海色雨中开，飞涛江上台。
> 声驱千骑疾，气卷万山来。
> 绝岸愁倾覆，轻舟故溯洄。
> 鸱夷有遗恨，终古使人哀。

清代的吴伟业（1609—1672），字骏公，号梅村，太仓（今属江苏）人，崇祯进士，长于七言歌行，后人称之为"梅村体"。他写有《沁园春·观潮》：

> 八月奔涛，千尺崔嵬，砉然欲惊。似灵妃顾笑，神鱼进舞；冯夷击鼓，白马来迎。伍相鸱夷，钱王羽箭，怒气强于十万兵。峥嵘甚，讶雪山中断，银汉西倾。
>
> 孤舟铁笛风清，待万里乘槎问客星。叹鲸鲵未翦，戈船满岸；蟾蜍正吐，歌管倾城。狎浪儿童，横江士女，笑指渔翁一叶轻。谁知道，是观潮枚叟，论水庄生。

崔嵬，指峻险的高山。砉然，指皮骨剥离的声音。灵妃，是传说中的水中仙子。冯夷，是古代传说中的江河之神。鸱夷，是皮革做的囊。

此词大意为：八月的钱塘江浪涛滚滚，奔腾的潮水高千尺，像峻险的高山压了过来，涛声是如此惊心动魄。水中仙子在浪涛中大笑，神鱼在飞舞，河伯在重重地擂鼓，浪潮好似素车白马。伍子胥曾经被装裹进鸱夷革漂浮在江上，钱王曾经集聚无数士兵用箭齐射潮头，可是这些都抵挡不了滚滚而来的钱塘江潮。钱塘江潮像雪山崩裂，像银河之水倾泻。清风中，是谁在孤舟上吹响铁笛，谁想乘坐木筏远游万里之外，做客天河。异常凶猛的鲸鲵尚未除去，兵船排满江岸，歌声充满杭城。那些弄潮儿，还有乘画舫观潮的无数男女游客，都笑着说我是一叶扁舟上的渔翁。有谁能知道，我其实是观潮的枚乘，也是论水的庄子。

清代的王荫槐（生卒年不详），字子和，盱眙（今江苏盱眙）人。他写有《晚渡钱塘江》：

> 罗刹江声殷似雷，扁舟摇兀怒涛堆。
> 身从大地孤鸥泛，潮挟群山万马来。
> 南渡衣冠秋草寂，西陵鼓角夕阳哀。
> 古怀牢落真无懒，呼取余杭酒一杯。

白塔钱江望千年

虽说我是土生土长的杭州人，但杭州的不少名胜古迹还是没有去寻访过。就说这闸口白塔吧，多少次路过，多少次说去看看，车一过，就没有下文了。这回特意去了，圆了心愿。

白塔是杭州地面现存最早的建筑之一，大约建于一千年前。1930年，梁思成先生和妻子林徽因对白塔做测绘、研考，梁思成写成《闸口白塔及灵隐寺双石塔》一文说，这样的建筑实体，跟宋李诫《营造法式》相互印证，闸口白塔的作风规制几乎与灵隐双塔如出一辙，与双塔比较，白塔与双塔属于同时代是没有疑问的，乃至同出一匠师之手，亦大有可能，其为晚唐五代至宋初南方乃至全国此类石塔的经典之作。

钱塘江边，距六和塔不远处，现在有白塔公园，白塔就在公园内。白塔有九层，大约十五米高，楼阁式塔，平面八边形。塔基雕刻的纹饰是高山、海浪等，塔基上面有须弥座。须弥座上面刻着佛经，往上有九层，每一层都由塔身、塔檐和平座三部分组成。塔身上有浮雕，刻有佛教故事，浮雕人物形象生动。塔身没有具体的纪年，在塔第九层的西南面有一尊大耳圆脸、面容慈祥、头戴刻有"王"字官帽的雕像，有人认为是吴越国王钱弘俶。如果确实是钱弘俶，那白塔的建造年代就能明确了。

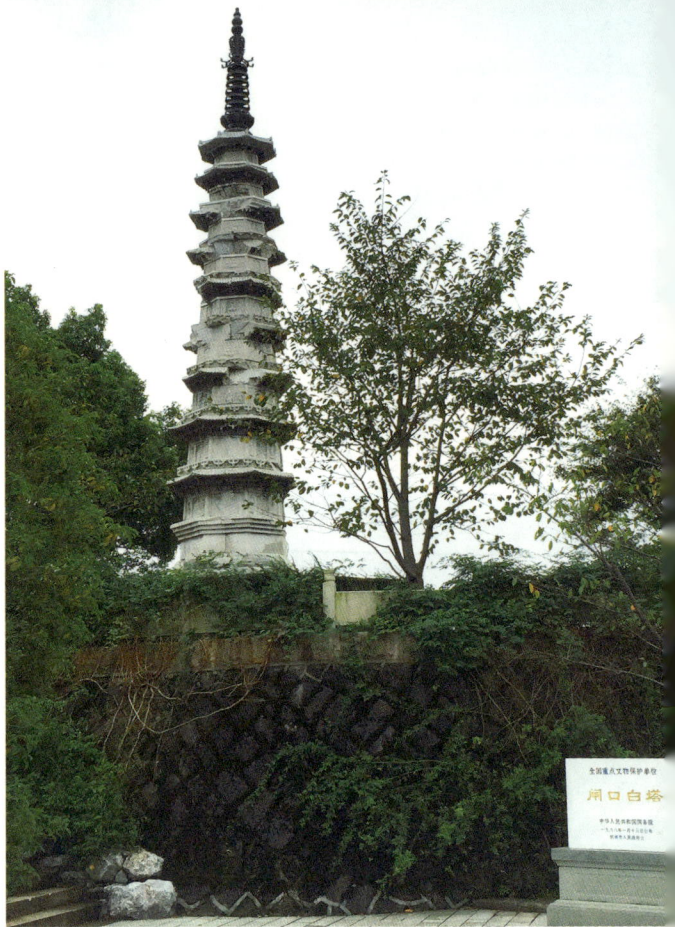

白塔

　　相较于现在白塔斑驳且孑孑独立的身影，一千多年前的白塔矗立于江河交汇之地的闸口白塔岭，应是阅尽繁华。为何建白塔？已不可考。不过从地理位置看，白塔似乎更像是导航引渡的标志，当年在这附近还有白塔寺、白塔桥等。

　　南宋《咸淳临安志》载，白塔岭和白塔"在钱塘县龙山之东"。《梦粱录》载："白塔岭，在龙山之东。""龙山儿头岭名白塔岭，岭有石塔存焉。"南宋的"龙山"指的就是现在的玉皇山。

　　白塔所在地泛称闸口，沟通钱塘江和城内水系的龙山闸就在白塔岭下，所以这个地方称为闸口。吴越国在筑捍海塘的同时，对城区内河进行了大规模整治，据《十国春秋》载："又置龙山、浙江两闸以遏江潮入河。"这两座闸的开通，使得从温州、台州、明州（宁波）来的海船，还有从衢州、婺州（金华）、严州（建德）来的江船，可以从闸口进入杭州的内河（中河）。如此看来，当时闸口"泊船上千，有桅樯盈万，风吟涛唱一夜无歇"，应该是杭州商贸交易的重要集散地。

北宋文学家范仲淹，他的《岳阳楼记》中"先天下之忧而忧，后天下之乐而乐"的名句流传千古。大中祥符八年（1015）范仲淹进士及第，庆历三年（1043）出任参知政事，发起"庆历新政"，著有《范文正公文集》。皇祐元年（1049），他在主政杭州时写下的《过余杭白塔诗》颇有纪实的意思：

> 登临江上寺，迁客特依依。
>
> 远水欲天际，孤舟曾未归。
>
> 乱峰藏好处，幽鹭得闲飞。
>
> 多少天真趣，遥心结翠微。

南宋初，从白塔岭至南星桥的沿江地区，居住人口就开始密集了。绍兴十　年（1141），临安府知府奏请，府城之外，南北相距三十里，人烟繁盛，可以与外地的一县相比，建议江涨桥、浙江置城南北左右厢。《乾道临安志》记载，宋高宗"圣旨依"。到宋宁宗嘉定七年（1214），城南左厢已有两个人口集中的居住区——美政坊和状元坊，状元坊就是白塔岭地区。

南宋时，白塔邻近皇城，可以望见凤凰山下金碧辉煌的宫阙，闸口是进入皇城的必经之地，有人在这里卖"地经"——《朝京里程图》，将京城临安及所属来往通道、里程和驿站等一一标明，卖给进京者。当时还流传着一首讥讽偏安一隅的南宋朝廷的诗《题壁》：

> 白塔桥边卖地经，长亭短驿甚分明。
> 如何只说临安路，不较中原有几程？

元末明初钱惟善（生卒年不详），字思复，钱塘（今浙江杭州）人，相传他是钱镠的后人，写有《晚雨过白塔》：

> 宋官传是唐朝寺，白塔崔嵬寝殿前。
> 夏雨染成千树绿，莫岚散作一江烟。
> 苍苔门外铜铺暗，细柳营中画角传。
> 寂寞葫芦官井畔，野人拾得旧金钿。

遥想当年，在烟雨中，诗人乘船出中河过闸口入钱塘江，遥望白塔依旧，江山却已几度易主，感慨之中写下了《晚雨过白塔》。全诗透着对昔日钱王吴越之地繁华的眷恋，颇有"朱雀桥边野草花，乌衣巷口夕阳斜"的味道。

元后，闸口被划出了城外，逐渐冷落，不过仍然是钱塘江北岸的交通要津。这里在20世纪仍通竹木筏，曾经"浙江第一码头"、南星桥的火车货运站都设在这里。现在的白塔公园是一座集历史建筑和铁路工业遗存保护与利用为一体的城市文化公园。当然，公园的主角肯定是白塔了。

山寺月中寻桂子

　　每年农历八月中旬起，杭州满城桂花飘香，历时一个多月。

　　1983年7月20日至23日，杭州市六届人大常委会第九次会议决定，将桂花确定为杭州的市花。三十多年来，杭州全市遍植桂树，金秋时节，金桂、银桂、丹桂相继盛开，满城桂花飘香。

桂花

桂花又叫作木樨、岩桂，属于木樨科，常绿灌木或小乔木。桂花在杭州已经有近千年的栽培历史。早在南宋时期，满觉陇已经大片种植桂花，并形成一定规模。《咸淳临安志》记载："桂，满觉陇独盛。"满觉陇的桂花可能与杭州的很多美食有关，比如桂花糕、桂花酒、糖桂花以及桂花蜜汁藕片。

观赏性的桂花，却与寺庙有关，我们从古人的诗词中可与得知。白居易的《忆江南》就有"山寺月中寻桂子"的诗句，苏轼写过《八月十七日天竺山送桂花分赠元素》……

今天我们来读另外几首古诗，体验一回"山寺月中寻桂子"的乐趣。

唐代宋之问（约656—约712），字延清，虢州弘农（今河南灵宝）人，上元二年（675）进士，曾为越州长史，唐睿宗时获罪被流放到钦州，后赐死。他写有《灵隐寺》：

> 鹫岭郁岹峣，龙宫锁寂寥。
> 楼观沧海日，门对浙江潮。
> 桂子月中落，天香云外飘。
> 扪萝登塔远，刳木取泉遥。
> 霜薄花更发，冰轻叶未凋。
> 夙龄尚遐异，搜对涤烦嚣。
> 待入天台路，看余度石桥。

鹫岭，印度灵鹫山，这里借指灵隐寺前的飞来峰。岹峣，高耸、峻峭的样子。龙宫指灵隐寺中的殿宇。刳，剖开。夙龄，指年轻的时候。石桥，指天台山著名的风景点石梁飞瀑。

此诗大意为：飞来峰山势陡峭，灵隐寺佛殿庄严。寺门正对着钱塘江大潮，站在高楼上可远眺日出的美景。中秋时节桂花从月宫飘落到寺院，殿里的香烟一直飘向云天之外。攀缘藤萝登上远处古塔，剖开树木引来远处的清泉。霜冻下的山花开得非常旺盛，树叶在寒冷的冬季也没有凋落。年轻的时候，我爱好寻访远处奇异美景，看了似乎能够洗涤尘世中的各种烦恼。等到我进入天台山，只看我走过栖溪的石桥。

唐中宗景龙四年（710），宋之问被贬为越州长史，离京赴越，这首《灵隐寺》是他途中经过杭州，游灵隐寺时所作。

灵隐寺，始建于东晋咸和元年（326），开山祖师为西印度僧人慧理和尚。南朝梁武帝赐灵隐寺田地并扩建。五代吴越王钱镠请永明延寿大师进一步开拓，并赐名灵隐新寺。宋宁宗嘉定年间（1208—1224），灵隐寺被誉为江南禅宗"五山"之一。清康熙二十八年（1689），康熙帝南巡时，赐名"云林禅寺"。

这首诗先写灵隐寺外部的飞来峰，接着写灵隐寺，再写对灵隐寺的观感，最后诗人联想到离开后的去向，并表现出了出世归隐的意向。

诗中"桂子月中落，天香云外飘"是古诗中吟咏桂花的名句。金秋时节，诗人在灵隐寺忽然有了奇思妙想，桂子从月宫中飘落人间，而寺庙中的香火从人间飘到了天上，天上、人间得以相通。

杭州现在著名的杭帮菜馆"天香楼"，其店名就取自"天香云外飘"。

唐代白居易写有《寄韬光禅师》：

> 一山门作两山门，两寺原从一寺分。
> 东涧水流西涧水，南山云起北山云。
> 前台花发后台见，上界钟声下界闻。
> 遥想吾师行道处，天香桂子落纷纷。

灵隐康熙碑

韬光寺

　　先要说一说韬光。韬光，既是僧名，又是寺名。

　　韬光寺创建于唐穆宗长庆年间（821—824），当时四川高僧韬光，学业有成，向师父辞行，打算去各地云游。临行时他的师父对他说了八个字："遇天可留，适巢即止。"当韬光禅师来到杭州灵隐寺西北巢枸坞时，正好白居易在杭州任刺史，韬光禅师认为师父的"遇天可留，适巢即止"（白居易字乐天）已应验，修行的因缘在此地。于是他就在巢枸坞辟地建寺，弘扬佛法，不久声名鹊起。白居易知道后，仰慕而来，两人畅谈之后成为好友。

　　韬光寺和灵隐寺相近，韬光寺在山腰，灵隐寺在山下，韬光寺的僧人进出都要路过灵隐寺，两寺的僧人由同一山门出入，灵隐寺所用的水从韬光寺流下来，因此灵隐一带有句俗语："云林寺（即灵隐寺）僧不能不饮韬光之水,韬光寺僧不能不由云林之路。"

《寄韬光禅师》一诗是白居易在杭州刺史任上所写。

白居易的诗大都明白如话,易于品读,这首诗也是如此。全诗大意为:一个山门里进进出出的是两座寺里的僧人,其实两座寺是从一座寺分出来的。山涧水从山头分流而下,之后合成一条涧。山南坡与北坡,云气相合。前台的花盛开后台也能看见,山上的钟声山下听得很清楚。遥想大师行道的地方,飘着天香的桂子落纷纷。

"寄"和"遥想",写出了诗人写此诗时两人的方位,也就是两人没有在一起赏桂。很可能白居易因公务羁绊无法前去灵隐寺、韬光寺赏桂,但是,想象一下也是可以的呀,便有了"寄"和"遥想"。

这首诗通过对两座寺的历史关系、地理位置、自然环境的描写,以及诗人想象的"天香桂子落纷纷",表现出了诗人与韬光禅师的清交。从艺术角度上看,虽然延续了白居易一贯的明白如话的风格,但巧然相对,韵动流畅,别具一格。

唐代皮日休(约838—约883),字袭美,襄阳竟陵(今湖北天门)人,常居鹿门山,咸通八年(867)进士及第,历任太常博士等职,写有《天竺寺八月十五日夜桂子》:

> 玉颗珊珊下月轮,殿前拾得露华新。
>
> 至今不会天中事,应是嫦娥掷与人。

天竺寺,指下天竺寺,即今法镜寺,位于灵隐飞来峰下。露华新,指桂花瓣带着露珠更显湿润。

此诗大意为:桂花从月宫掉下来,殿前拾到的桂花简直像露珠那样清新。我到现在也不明白月宫里究竟发生了什么事情,这桂花大概是嫦

桂花

娥撒下来给世人的。

　　中秋之夜，桂花像是从月宫掉下来似的，诗人怀着喜悦之情捡起殿前的桂花。通过回顾传说，反映出诗人拥有怜惜万事万物的心境。

　　有人这样评说此诗：诗人想象着嫦娥已经厌倦了月宫中的寂寞生活，怀念人间，便将月宫中的桂花撒向她眷恋的人间。此诗在给佛教圣地蒙上了空灵神妙色彩的同时，也写出了诗人中秋佳节赏月的喜悦之情。

此外，还有宋代苏轼的《八月十七日天竺山送桂花分赠元素》：

> 月缺霜浓细蕊干，此花元属玉堂仙。
> 鹫峰子落惊前夜，蟾窟枝空记昔年。
> 破袄山僧怜耿介，练裙溪女斗清妍。
> 愿公采撷纫幽佩，莫遣孤芳老涧边。

此诗笔者已有专文解读，这里不赘述了。

明代汤显祖（1550—1616），号清远道人，临川（今属江西）人，明代戏曲家，三十四岁中进士，在南京任太常寺博士等职，戏剧作品《牡丹亭》是他的代表作。他写有《天竺中秋》：

> 江楼无烛露凄清，风动琅玕笑语明。
> 一夜桂花何处落，月中空有轴帘声。

江楼指天竺山中的高楼，可以眺望钱塘江。"一夜桂花何处落"指天竺寺、灵隐寺都有月中桂子下落的传说。

下天竺寺

孤山寺迹何处寻

　　说到描写杭州西湖景色的脍炙人口的诗，唐代白居易的《钱塘湖春行》肯定是其中之一。

　　年少时读这首诗，对"孤山寺"三个字并不在意，前时去孤山，进中山公园大门，走栈道看清行宫遗址，随口吟诵"孤山寺北贾亭西……"忽然想：孤山寺在哪里？上孤山寻了一圈，未见有任何踪

宋末元初钱选《孤山图卷》

迹。既然白居易有"孤山寺北贾亭西"的诗句，孤山上肯定曾经有过孤山寺。

翻阅古诗文，有关孤山寺的诗还真不少。除了《钱塘湖春行》，白居易还有《西湖晚归回望孤山寺赠诸客》《孤山寺遇雨》，与白居易同时代的张祜（约785—约849），字承吉，清河东武城（今山东武城）人，隐士，写有《题杭州孤山寺》：

> 楼台耸碧岑，一径入湖心。
> 不雨山长润，无云水自阴。
> 断桥荒藓涩，空院落花深。
> 犹忆西窗月，钟声在北林。

张祜这首诗对孤山寺有着细致的描述：高耸的楼台建在陡峭的山上，一条小路直通湖心中央；即使不下雨，山间也始终郁郁葱葱，哪怕没有云彩，水面也总是湛蓝湛蓝的；远处断桥上长满了斑驳的苔藓，近

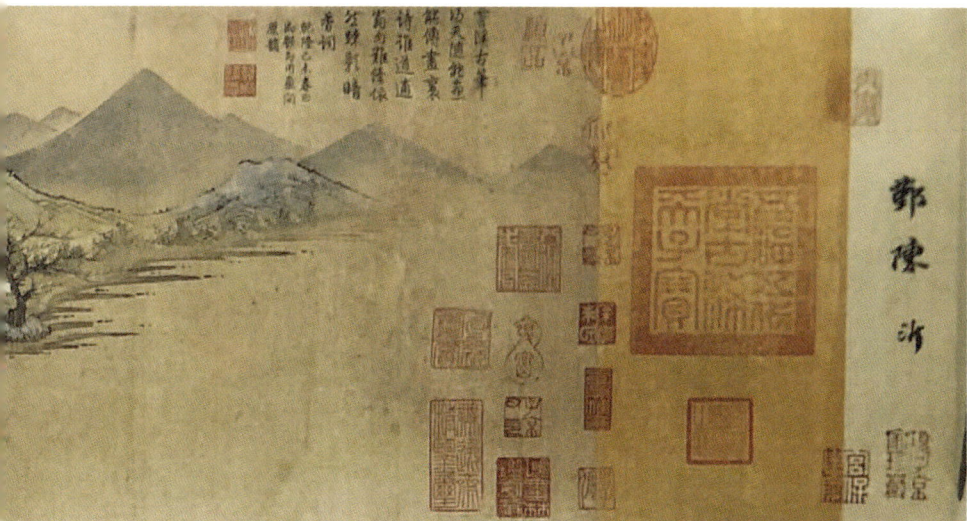

处院落里铺满了落花；想起当年在西窗望月时的情景，悠扬的钟声从山北的林中传来。

与白居易同时代的许浑（约791—约858），字用晦，润州丹阳（今江苏丹阳）人，多写田园诗，写有《夜归孤山寺却寄卢郎中》：

> 青山有志路犹赊，心在琴书自忆家。
> 醉别庾楼山色晓，夜归萧寺月光斜。
> 落帆露湿回塘柳，别院风惊满地花。
> 他日此身须报德，莫言空爱旧烟霞。

许浑的这首诗描述了作者夜归孤山寺的情景。"夜归"二字暗示了诗人寄宿孤山寺已非一日。可见在唐代，文人学士与孤山寺僧人就多有交往。

几百年以后，到了宋代，文人学士与孤山寺僧人仍然多有交往。北宋林和靖即林逋（967—1028），字君复，钱塘（今浙江杭州）人，幼时刻苦好学，通晓经史百家，后隐居西湖孤山，养鹤植梅，宋仁宗赐谥"和靖先生"。他写有《孤山寺》：

> 云峰水树南朝寺，只隔丛篁作并邻。
> 破殿静披斋白古，斋房闲试酪奴春。
> 白公睡阁幽如画，张祜诗牌妙入神。
> 乘兴醉来拖木突，翠苔苍藓石磷磷。

在林和靖笔下，古朴的孤山寺仍然留有白居易和张祜的踪迹。

林和靖还有一首《孤山寺端上人房写望》：

孤山壁

底处凭阑思眇然？孤山塔后阁西偏。

阴沉画轴林间寺，零落棋枰葑上田。

秋景有时飞独鸟，夕阳无事起寒烟。

迟留更爱吾庐近，只待重来看雪天。

诗人在孤山塔后偏西的端上人（和尚）房间里凭栏远眺。透过阴郁的树林，隐隐约约可看见寺院，水面上一块块的架田（葑田）零星地漂着，好似棋盘上的方格子。夕阳下，这里很安静，农夫们都已荷锄归家了，远处炊烟袅袅，偶尔飞过一只小鸟。诗人喜爱这个与自己家相近的地方，可以迟一点回家。等到雪花纷飞时，再来这里观赏雪景。

林和靖的隐居地与孤山寺同在孤山，他能进入端上人房内饱览湖光山色，可见他与僧人多有交往。

苏东坡也与孤山寺僧人有交往，他的《腊日游孤山访惠勤惠思二僧》，记录了他大冬天里上孤山寺的情形：

> 天欲雪，云满湖，楼台明灭山有无。水清出石鱼可数，林深无人鸟相呼。腊日不归对妻孥，名寻道人实自娱。道人之居在何许？宝云山前路盘纡。孤山孤绝谁肯庐，道人有道山不孤。纸窗竹屋深自暖，拥褐坐睡依团蒲。天寒路远愁仆夫，整驾催归及未晡。出山回望云木合，但见野鹘盘浮图。兹游淡薄欢有馀，到家恍如梦蘧蘧。作诗火急追亡逋，清景一失后难摹。

熙宁四年（1071）苏东坡上书批评新法的弊病，得罪王安石，十二月，被贬往杭州任通判。他游孤山访惠勤、惠思后作此诗，惠勤、惠思都是余杭人，都擅长写诗。

苏东坡在这首诗里叙事：西湖上空阴云密布，将要下雪。远处的楼台与青山隐隐约约，似有似无。山中溪水清清，可以看见水底的鹅卵石，那些游来游去的鱼亦清晰可数。幽深的树林里看不见人的踪迹，只有鸟鸣与我相应。今天是腊八节，我不在家陪着妻子儿女，说是去寻访僧人，其实是寻找快乐。僧人的禅房在哪里？就在小道狭窄弯曲的宝云山前。孤山孤独地耸立在那里，有谁愿意住在这孤独的地方？只有佛法高深的僧人，居住在孤山，而不觉得孤单。虽然窗纸薄、竹屋透风，却

清孤山行宫遗迹

清孤山行宫遗迹

仍然让人感到很暖和。惠勤与惠思，他们裹着僧衣，在蒲团上打坐修行。天寒路远，仆人催我赶快回家。告别惠勤与惠思时，还没有到晚餐的时候呢。离开孤山，我回头眺望山中景色，树林被厚厚的烟云笼罩着，野鹊在佛塔上空飞翔盘旋。这次出游孤山虽然简单，但我心中感到非常快乐。回到家中还神思恍惚，真像是刚从梦中醒来的那样，不过出游的经历还历历在目。我急忙提笔写下了这首诗记录此次出游，唯恐稍有延迟，那些清丽的景色会从我脑海中消失，再也无法描摹。

苏东坡虽然是初次造访孤山寺，但对孤山寺的喜爱已经流露于笔端，当然也可能是因为与惠勤、惠思很投缘。

孤山寺确实在中唐就存在了，不仅古诗中有描述，史料中也有记载，我们从与白居易同时代的元稹的《永福寺石壁法华经记》中可以略知一二：

> 按沙门释惠皎自状其事云：永福寺，一名孤山寺，在杭州钱塘湖心孤山上。石壁《法华经》在寺之某所。始以元和十二年严休复为刺史，时惠皎萌厥心，卒以长庆四年白居易为刺史，时成厥事。上其石六尺有五寸，短长其石五十七尺有六寸，座周于下，盖周于上，堂周于石，砌周于堂。
>
> （《全唐文》卷六百五十四）

原来白居易还真与孤山寺有交集。至于孤山寺何时湮灭，未知。南宋时孤山建有西太乙宫、四圣延祥观，后湮灭。到了清代，康熙、乾隆时，孤山建有行宫，至今遗迹尚在。

天下梅花看孤山

又到江南赏梅时。说到赏梅，杭州孤山的梅花特别出名。

梅不是特别难栽种的植物，因而天下梅花盛开之地多了去。为什么说杭州孤山的梅花特别出名呢？因为有诗、有故事。这当中，首屈一指的当然是北宋林逋（林和靖）"梅妻鹤子"的故事，还有他的诗《山园小梅二首》。

其实，在林和靖之前，杭州的"老市长"白居易就已经给孤山的梅花做了"推广"，有诗为证：

> 忆杭州梅花因叙旧游寄萧协律
> 三年闲闷在余杭，曾为梅花醉几场。
> 伍相庙边繁似雪，孤山园里丽如妆。
> 蹋随游骑心长惜，折赠佳人手亦香。
> 赏自初开直至落，欢因小饮便成狂。
> 薛刘相次埋新垄，沈谢双飞出故乡。
> 歌伴酒徒零散尽，唯残头白老萧郎。

在这首诗里，白居易追忆当年在杭州"曾为梅花醉几场"的赏梅趣

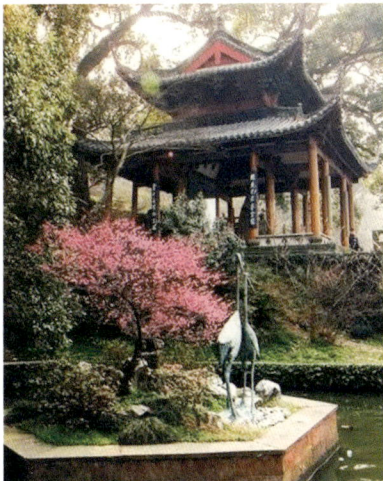

放鹤亭

事，特别点出了赏梅的去处"孤山园里丽如妆"。他曾将梅花作为珍贵礼物赠送给佳人，也曾因梅花凋落后被游客的马蹄践踏而感到惋惜。他赏梅"赏自初开直至落"，对梅花可谓一往情深。

由此可见唐代孤山梅树已有相当的规模，所以有梅花屿之称。隋唐以来孤山屡建寺庙，清时还建有行宫，都离不开植物的点缀，千百年来，孤山的梅花也就传承了下来。

孤山梅花的传承，功劳最大的当然是林逋了。据传他四十岁后隐居在孤山，有二十多年没有跨进杭州城。他喜欢种梅树，又喜欢养鹤，"以梅为妻，以鹤为子"，终生不做官也不娶妻。他的《山园小梅二首》被称为咏梅绝唱：

（其一）

众芳摇落独暄妍，占尽风情向小园。

疏影横斜水清浅，暗香浮动月黄昏。

梅花

霜禽欲下先偷眼，粉蝶如知合断魂。

幸有微吟可相狎，不须檀板共金尊。

（其二）

剪绡零碎点酥乾，向背稀稠画亦难。

日薄从甘春至晚，霜深应怯夜来寒。

澄鲜祇共邻僧惜，冷落犹嫌俗客看。

忆着江南旧行路，酒旗斜拂堕吟鞍。

暄妍，形容梅花明媚艳丽。疏影横斜，梅花疏疏落落，枝干斜横投在水中的影子。暗香浮动，梅花散发的清香。绡，生丝绸。吟鞍，吟诗者的马鞍。

第一首诗的大意为：百花凋零后，只有梅花独自绽放。艳丽的梅花吸引了人们的目光，是小小庭院中的亮点。清清的水面上映照出梅花和枝干稀疏的倒影。月光下，风中飘来阵阵梅花散发的清香。白色的鸟也会停在梅枝上偷偷地欣赏梅花，如果蝴蝶看到这艳丽的梅花也许会嫉妒得死去。既然我可以吟诗与梅花亲近，也就不需要歌唱，当然也不必饮酒了。

第二首诗的大意为：梅花似剪碎的丝绸，点缀着酥酪般的枝干，即使这样也很难画出梅花的高雅姿态。虽然在这春天的傍晚，我可以尽情地享受夕阳西照的美景，却又担忧梅花在早春夜寒里，被浓浓的霜覆盖。明媚鲜艳而又孤傲的梅花只与相邻的高僧惺惺相惜，一般人不懂得欣赏梅花的冷落和孤傲。想起从前行走在江南的时候，我一边骑马吟诗一边欣赏酒旗下飘落的点点梅花。

诗人突出了梅花风霜高洁的品性，以梅花比喻自己孤高的品性和隐逸的生活情趣。全诗不细写梅花形状，着意写梅花的神韵，其实是在透过梅花抒写自己的人格。

也有传说，林逋之所以二十多年一直隐居西湖孤山，以梅为妻，以鹤为子，是因为一段情。读他的《相思令·吴山青》，似乎有点儿这方面的意思：

> 吴山青，越山青。两岸青山相送迎，争忍有离情？
> 君泪盈，妾泪盈。罗带同心结未成，江头潮已平。

究竟如何，已不可考。若果然如此，林逋真可谓"天下第一情种"。

流传于孤山梅花之中的还有冯小青的悲剧爱情故事。据传，明万历年间（1573—1620），十六岁的扬州人冯小青因故流落杭州，在元宵赏灯时与冯生一见钟情，甘愿为妾，因冯生原配夫人容不下她，她只得离开冯家，后来迁居在孤山梅花屿，"命画师画像，自奠而卒"，年仅十八岁。从此，她就长眠于孤山梅花树下，留下了凄美的诗：

> 新妆竟与画图争，知是昭阳第几名？
> 瘦影自临春水照，卿须怜我我怜卿。

又：

> 春衫血泪点轻纱，吹入林逋处士家。
>
> 岭上梅花三百树，一时应变杜鹃花。

历来文人吟咏孤山梅花的诗词很多。

南宋周密（1232—1298），字公谨，号草窗，吴兴（今浙江湖州）人，南宋德祐年间曾任义乌令，南宋亡后隐居，著有《齐东野语》《武林旧事》等。关于孤山梅花，他写有《木兰花慢·断桥残雪》：

> 觅梅花信息，拥吟袖，暮鞭寒。自放鹤人归，月香水影，诗冷孤山。等闲。泮寒睍暖，看融城、御水到人间。瓦陇竹根更好，柳边小驻游鞍。
>
> 琅玕，半倚云湾。孤棹晚、载诗还。是醉魂醒处，画桥第二，奁月初三。东阑。有人步玉，怪冰泥、沁湿锦鹓斑。还见晴波涨绿，谢池梦草相关。

泮，冰雪融化。睍，阳气浮动。锦鹓，饰有鸟的锦制女鞋。鹓，传说中与凤凰同类的鸟。

此词大意为：我低声吟咏，就是为了寻找梅花的信息，在暮色苍茫中，紧掩双袖，仍然觉得非常寒冷，连手上的马鞭都寒气逼人。自从放鹤的林和靖仙逝以后，西湖的孤山就冷藏着他的咏梅诗句。总有一天会阳光灿烂，所有的冰雪都会消融，到那时候，杭州满城春色，伴随碧绿的春水来到人间。残雪虽然短暂，但在碧瓦陇中、竹根篱边、垂柳边，还是可以欣赏到的。布满浓云的水湾，岸上翠竹的身影在风中摇摆。暮色中，有一叶扁舟归来，满载着诗情。我醉眼蒙眬，寻找回家的路，看到这里有画桥，还有透明的湖水上漂着的船。美人珠玉般的话语声从

东边的花园里传来，雪消失后的浅泥溅湿
了她们锦鞋上美丽的绣图。眼前的蓝天碧
水，也许就是谢灵运梦中的春草池塘吧，
我听到了园林里鸟儿欢快的鸣叫声。

此词将诗、雪、梅融为一体，突出了
词人对孤山残雪的喜爱。

明代王思任（1574—1616），字季
重，山阴（今浙江绍兴）人，写有《孤
山》：

淡水浓山画里开，无船不署好楼台。
春当花月人如戏，烟入湖灯声乱催。
万事贤愚同一醉，百年修短未须哀。
只怜逋老栖孤鹤，寂寞寒篱几树梅。

此诗不但凭吊林和靖，而且有向往
他与梅、鹤相伴过隐居生活的意思。

明代张岱（1597—1679），字宗子，
山阴（今浙江绍兴）人，写有《林和靖墓
柱铭》：

云出无心，谁放林间双鹤。
月明有意，即思冢上孤梅。

铭联对仗工整，纪事倒也适合墓柱。

明代徐渭（1521—1593），字文长，号
天池山人，山阴（今浙江绍兴）人，写有

南宋马远《携鹤问梅图》

《孤山玩月》，略长，辑录两句：

> 暇时吐高怀，四座尽倾听。
>
> 却言处士疏，徒抱梅花咏。

徐渭遥想林和靖当年月下咏梅，高朋满座，似乎夸张了，隐居之人恐怕不会招客满堂，如此热闹的。

明代卓敬（？—1402），字惟恭，瑞安（今浙江瑞安）人，写有《孤山种梅》：

> 风流东阁题诗客，潇洒西湖处士家。
>
> 雪冷江深无梦到，自锄明月种梅花。

卓敬的联想似乎不太说得通，有谁会半夜三更在野外种花种树的？

明代王稚登（1535—1612），字百谷，写有《赠林纯卿卜居孤山》：

孤山梅花

藏书湖上屋三间，松映轩窗竹映关。

引鹤过桥看雪去，送僧归寺带云还。

轻红荔子家千里，疏影梅花水一湾。

和靖高风今已远，后人犹得住孤山。

卜居孤山的林纯卿不知是不是林和靖的后人，也没有考证过。不过，在此诗中，王稚登是把林纯卿当作林和靖的后人的。

明代陈鹤（1516—1560），字鸣野，写有《题孤山林隐君祠》：

孤山春欲半，犹及见梅花。

笑踏王孙草，闲寻处士家。

尘心莹水镜，野服映山霞。

岩壑长如此，荣名岂足夸。

陈鹤的这首诗读来就没有那么沉重了，又是"笑踏王孙草"，又是"闲寻处士家"，悠闲得很。

清代陈锡嘏（1634—1687），字介眉，号怡庭，写有《送汤西崖归西泠》：

马蹄经岁踏京华，忽逐征鸿去路赊。

何物关心归思急，孤山开遍早梅花。

陈介眉思念孤山的梅花，虽身不能至西泠桥边，心早已向往着开遍梅花的孤山了。

有诗相伴，孤山梅花确实与众不同了。

十里荷花九里松

西湖的荷花又开了。

西湖荷花的历史可以上溯千年，这从古代诗人们留下的篇章中可以知道，比如北宋的秦观（1049—1100），字少游，扬州高邮（今江苏高邮）人，曾任太学博士、国史馆编修，"苏门四学士"之一。他写有《献东坡》：

> 十里荷花菡萏初，我公所至有西湖。
>
> 欲将公事湖中了，见说官闲事亦无。

夏日赏荷为杭州人一大趣事，当然少不了文人雅士的写景纪事诗词。

北宋柳永（约984—约1053），字耆卿，因排行第七，又称柳七，建州崇安（今福建武夷山）人，北宋著名词人。他在《望海潮·东南形胜》里，描写杭州"有三秋桂子，十里荷花"。

北宋宋祁（998—1061），字子京，安州安陆（今湖北安陆）人，进士出身，曾任史馆修撰、翰林学士，与欧阳修等合修《新唐书》，写有《忆与唐公西湖》：

西湖荷花

红鲜高下照横溪，勃窣含情欲上堤。

手揽缃茎那忍折，戏鱼长在叶东西。

荷花深处放舟行，棹触荷珠碎又成。

莫道使君迷醉曲，分明忍得采莲声。

北宋文同（1018—1079），字与可，号笑笑居士，梓州永泰（今四川盐亭）人，进士出身，曾任多地知州，他与苏轼是表兄弟，写有《西湖荷花》：

红苞绿叶共低昂，满眼寒波映碧光。

应是西风拘管得，是人须与一襟香。

元代于石（1250—？）字介翁，号紫岩，兰溪（今属浙江）人，写有《西湖荷花有感》：

我昔扁舟泛湖去，四望荷花浩无数。

谁家画舫倚红妆，笑声迥入花深处。

笙歌凄咽水云寒，花色似嫌脂粉污。

夜深人静月明中，方识荷花有真趣。

水天倒浸碧琉璃，净质芳姿澹相顾。

亭亭翠盖拥群仙，轻风微颤凌波步。

酒晕潮红浅渥唇，肤如凝脂腰束素。

一捻香骨薄裁冰，半破芳心娇泣露。

湖光花气满衣襟，月落波寒浸香雾。

恍然人在蕊珠宫，便欲移家临水住。

回首落日低黄尘，十年不到湖山路。

花开花落几秋风，湖上青山自如故。

南宋萧澥（生卒年不详），字汜之，吉水（今属江西）人，写有
《写林和靖梅花诗后》：

> 西湖幽处卧烟霞，湖里荷花匝四涯。
> 何事先生得佳句，荷花却不似梅花。

南宋范成大（1126—1193），字致能，吴县（今江苏苏州）人，进
士出身，曾任礼部员外郎兼崇政殿说书等职，写有《己丑五月被召至行
在》：

> 分袂悠悠尔许年，莫嗔蓬鬓两萧然。
> 酒槽不奈青春老，经笥空供白昼眠。
> 暗绿千章新活计，软红三尺旧尘缘。
> 相逢且作西湖客，山绕荷花舣画船。

曲院风荷

曲院风荷碑

明代唐寅（1470—1523），字伯虎，吴县（今江苏苏州）人，一字子畏，明代著名画家，与祝允明、文徵明、徐祯卿并称"江南四大才子"。他写有《登吴王郊台作》：

昔人筑此不论程，今日牛羊向上行。
吴儿越女齐声唱，菱叶荷花无数生。
南山含雨眉俱润，西湖映日掌同平。
本由万感销非易，讵言哀乐过群情。

西湖赏荷胜地不少，哪处最有名？大家都知道是曲院风荷。曲院风荷在苏堤之右，靠北山路，为"西湖十景"之一，以夏日里观风中之荷而著名。

其实，现在的"曲院风荷"，南宋时称"曲院荷风"。"曲院"本来是一家酿制官酒的作坊，在如今的九里松东，洪春桥一带。当时，金沙涧水在这里流入西湖，酿酒师傅取金沙涧水制曲酿酒，并在湖中种植大片荷花。初夏时节，清爽的湖风吹来，荷香伴着酒香，别有一番风味。

顺便说一句，在经过蒸煮的白米中，拌入曲霉的分生孢子，然后保温，米粒上生长出的菌丝就是酒曲。在宋代，中国酒曲的制造技术已经很成熟，曲院荷风是官家管理酿酒的处所。

南宋汪元量（1241—1317后），字大有，号水云，钱塘（今浙江杭州）人，南宋宫廷琴师。他写的《西湖旧梦》，可以当作"曲院荷风"的注解来读：

> 南高峰对北高峰，十里荷花九里松。
>
> 烟雨楼台僧占了，西湖风月属吾侬。

从诗中我们可以得知，南宋时此地荷花之盛，西湖水域之广。

清康熙年间（1622—1722），为迎接皇帝巡游，官府特地在苏堤跨虹桥畔的岳湖里引种荷花，增设水榭楼台，并请人弹奏秦汉古曲。康熙赏荷听曲，欣然题字"曲院风荷"。咸丰末年，曲院风荷毁于兵火。1980年起，从原有的曲院风荷，沿岳湖再延伸到杨公堤卧龙桥畔的郭庄，扩建成了一个占地面积达四百二十六亩的新景区，成为现今最负盛名的西湖赏荷地。

平湖秋月在哪里?

中秋节与春节都是中国人看重的传统节日。

中秋节赏月的风俗,在《唐书·太宗记》中有记载,"八月十五中秋节"。在唐代,中秋赏月、玩月颇为盛行,许多诗人的名篇中都有咏月的诗句,中秋节从此开始成为固定的节日。

唐代张祜出身富豪之家,有诗名。他写的《中秋夜杭州玩月》描述了在杭州的文人雅士中秋赏月的情形:

> 万古太阴精,中秋海上生。
>
> 鬼愁缘辟照,人爱为高明。
>
> 历历华星远,霏霏薄晕萦。
>
> 影流江不尽,轮曳谷无声。
>
> 似镜当楼晓,如珠出浦盈。
>
> 岸沙全借白,山木半含清。
>
> 小槛循环看,长堤踯躅行。
>
> 殷勤未归客,烟水夜来情。

平湖秋月

　　北宋时中秋节出现了"小饼如嚼月，中有酥和饴"的节令食品。孟元老《东京梦华录·中秋》载："中秋夜，贵家结饰台榭，民间争占酒楼玩月，丝篁鼎沸。近内延居民，深夜遥闻笙竽之声，宛如云外，间里儿童，连宵嬉戏。夜市骈阗，至于通晓。"

　　南宋时杭州人怎样过中秋呢？

　　《梦粱录》卷四《中秋》载："此夜月色倍明于常时，又谓之'月夕'。此际金风荐爽，玉露生凉，丹桂香飘，银蟾光满。王孙公子，富家巨室，莫不登危楼，临轩玩月，或开广榭，玳筵罗列，琴瑟铿锵，酌酒高歌，以卜竟夕之欢。至如铺席之家，亦登小小月台，安排家宴，团圞子女，以酬佳节。虽陋巷贫窭之人，解衣市酒，勉强迎欢，不肯虚度

平湖秋月

此夜。天街买卖，直至五鼓。玩月游人，婆娑于市，至晓不绝。盖金吾不禁故也。”

说的是，中秋节那天，月色要比平常明亮很多，这天晚上又称作"月夕"。豪门之家大摆盛宴，丝竹歌舞相伴，众人开怀畅饮。住在陋巷里的穷人即使把衣服当了换酒喝，也要过节。京城中，街道买卖彻夜不停，一直到天亮。赏月的游人直到天亮了也没有散尽，因为这一天晚上是不宵禁的。

《武林旧事》卷三关于"中秋"的记载也差不多："禁中是夕，有赏月延桂排当，如倚桂阁、秋晖堂、碧岑，皆临时取旨，夜深，天乐直彻人间。御街如绒线、蜜煎、香铺，皆铺设货物，夸多竞好，谓之'歇眼'。灯烛华灿，竟夕乃止。"

稍稍不同的是《西湖老人繁胜录》所载南宋临安中秋节："是夜城中多赏月排会，天气热，宿湖饮酒，待银蟾出海，到夜深船静，如在广寒宫。"

可见中秋赏月最佳处在西湖之中，古人在杭州留下的中秋赏月诗词可以印证。

王洧（生卒年不详），号仙麓，闽县（今福建福州）人，写有《湖山十景·平湖秋月》：

> 万顷寒光一夕铺，水轮行处片云无，
> 鹭峰遥度西风冷，桂子纷纷点玉壶。

孙锐（生卒年不详），吴江平望（今属江苏）人，宋度宗咸淳年间（1265—1274）进士，写有《四景图·平湖望月》：

> 月冷寒泉凝不流，棹歌何处泛归舟；
> 白苹红蓼西风里，一色湖光万顷秋。

陈允平（生卒年不详），字君衡，号西麓，宋末元初人，写有《秋霁（西湖十咏·平湖秋月）》：

> 千顷玻璃，远送目斜阳，渐下林阎。题叶人归，采菱舟散，望中水天一色。碾空桂魄。玉绳低转云无迹。有素鸥，闲伴夜深，呼棹过环碧。
>
> 相思万里，顿隔婵媛，几回琼台，同驻鸾翼。对西风、凭谁问取，人间那得有今夕。应笑广寒宫殿窄。露冷烟淡，还看数点残星，两行新雁，倚楼横笛。

尹廷高（生卒年不详），字仲明，号六峰，遂昌（今属浙江）人，写有《平湖秋月》：

> 烂银盘挂六桥东，色贯玻璃彻底空。
>
> 千顷清光无着处，夜深分付与渔翁。

诗人感叹，夜深人静，银亮的月光映入浩瀚透明的西湖水中，只是这样美丽的景色只有打鱼人在享受。

明代马洪（生卒年不详），字浩澜，号鹤窗，仁和（今浙江杭州）人。他以婉约的词风写杭州西湖，其中有《南乡子·平湖秋月》：

> 月似白莲浮，水似璃田绿乘流。闲忆何时曾胜赏，中
>
> 秋。一瓣芙蓉是彩舟。
>
> 风露冷飔飔，水月仙人跨玉虬。笑道西湖元有对，瀛洲。
>
> 却在蓬莱欲尽头。

明代徐渭写过一首《平湖秋月》：

> 平湖一色万顷秋，湖光渺渺水长流。
>
> 秋月圆圆世间少，月好四时最宜秋。

这是一首藏头诗，每句的第一个字合起来为"平湖秋月"，有趣。

有意思的是上述引用的诗词，题目是"平湖秋月"或"平湖望月"，说明杭州文人雅士比较喜欢在水平如镜的西湖赏月。其实，作为"西湖十景"之一，南宋时，平湖秋月似乎并无固定的观景点，这从当时以及元、明两朝文人赋咏此景的诗词多从泛归舟夜湖、舟中赏月的角度抒写中不难看出。明万历年间（1573—1620）的"西湖十景"木刻版画中，《平湖秋月》一图也表现为游客在湖面船中举头望月。

如今的平湖秋月观景点位于白堤西端，背倚孤山，面临外湖。因

清康熙三十八年（1699），康熙帝南巡，在杭州御书"平湖秋月"，从此，景点固定，立碑湖畔。

当年官巷口"花市灯如昼"

去年元夜时，花市灯如昼。

月上柳梢头，人约黄昏后。

今年元夜时，月与灯依旧。

不见去年人，泪湿春衫袖。

元夜就是农历正月十五夜。正月十五是元宵节，也称上元节。这首《生查子·元夕》写的就是发生在元宵节之夜的故事。对这首词，很多人并不陌生，可它在宋词中是一桩"千古公案"，至今未了，那就是《生查子·元夕》的作者是谁？

有两种说法，一说作者是欧阳修，另一说作者是朱淑真，两者都没有过硬的考证材料。说《生查子·元夕》的作者是欧阳修的人数量比较多，大概是因为他的名气比朱淑真大。我却愿意认定作者是朱淑真，也没有特别的理由，只因为她是杭州人，她写的是发生在杭州的故事。

朱淑真（约1135—约1180），号幽栖居士，钱塘（今浙江杭州）人。南宋初年时在世，家境优裕，聪慧，能文善画，精晓音律，尤工诗词。相传她嫁给一个小吏，婚后生活很不如意，抑郁而终，著有诗集

《断肠集》、词集《断肠词》。

这首《生查子·元夕》写的是近千年前的杭州，一对男女约会于元夜的场景和心情。男女主人公或曾邂逅灯市，或早有密约，或私订终身，或未成眷属。词明白如话，不需解释。叙事是自述，还是听闻，或者臆想，已无法考证。我感兴趣的是，约会的时间是元夜，约会的地点在花市，场景是"灯如昼"。

南宋时的花市在杭州城的哪里呢？据《梦粱录》等记载，花市在官巷，即现在的官巷口一带（解放路与中山中路交叉口）。南宋以来，御街周边坊巷的格局变化不大。当时的官巷花市，不但出售花卉，而且售卖"花作"，"所聚奇异飞鸾走凤，七宝珠翠，首饰花朵，冠梳及锦绣罗帛，销金衣裙，描画领抹，极其工巧。"

南宋词人姜夔（约1155—1208），字尧章，号白石道人，鄱阳（今属江西）人。他曾有诗记述花市：

贵客钩帘看御街，市中珍品一时来。

帘前花架无行路，不得金钱不肯回。

我们完全可以从诗中想象出当时摩肩接踵的闹市景象。

《梦粱录》载："卖花者以马头竹篮盛之，歌叫于市，买者纠然。"

官巷口花市除了有花卉、"花作"，正月里还有花灯，并且元夜"灯如昼"。杭州人至今仍然说"正月十五闹花灯"，这是延续千年的说法。

《武林旧事》载："都城自旧岁冬孟驾回，……而天街茶肆，渐已罗列灯球等求售，谓之'灯市'。"

刚入冬就开始准备过年，起步真早。

如今的官巷口

　　《梦粱录》载："正月十五日元夕节……官巷口、苏家巷二十四家傀儡（木偶戏），衣装鲜丽，细旦戴花朵□肩、珠翠冠儿，腰肢纤袅，宛若妇人……更兼家家灯火，处处管弦，如清河坊蒋检阅家，奇茶异汤，随索随应，点月色大泡灯，光辉满屋，过者莫不驻足而观。

南宋李嵩《观灯图》

及新开门里牛羊司前，有内侍蒋苑使家，虽曰小小宅院，然装点亭台，悬挂玉栅，异巧华灯，珠帘低下，笙歌并作，游人玩赏，不忍舍去……又有深坊小巷，绣额珠帘，巧制新装，竞夸华丽。公子王孙，五陵年少，更以纱笼喝道，将带佳人美女，遍地游赏。人都道玉漏频催，金鸡屡唱，兴犹未已。甚至饮酒醺醺，倩人扶着，堕翠遗簪，难以枚举。"

一夜狂欢之后，金钗呀、耳坠呀，能在地上随便捡到。想象一下，南宋时"正月十五闹花灯"是怎样一幅热闹的景象！

朱淑真还有一首诗《元夜》：

> 火烛银花触目红，揭天吹鼓斗春风。
>
> 新欢入手愁忙里，旧事惊心忆梦中。
>
> 但愿暂成人缱绻，不妨常任月朦胧。
>
> 赏灯那待工夫醉，未必明年此会同。

这首诗不但记叙了"正月十五闹花灯"的场景，而且抒发了她"旧事惊心忆梦中"的感慨。这首诗与词《生查子·元夕》相互映衬，也从另一面说明诗与词是同一个作者。

描写官巷口"花市灯如昼"和杭州城里"正月十五闹花灯"的还有一位名家，那就是南宋辛弃疾。他的《青玉案·元夕》，灵动，洒脱：

> 东风夜放花千树，更吹落，星如雨。宝马雕车香满路，
>
> 凤箫声动，玉壶光转，一夜鱼龙舞。
>
> 蛾儿雪柳黄金缕，笑语盈盈暗香去。众里寻他千百度，
>
> 蓦然回首，那人却在，灯火阑珊处。

农历正月十五日为上元节，即元宵节，此夜称元夕或元夜。花千树，花灯之多如千树开花。星如雨，指焰火纷纷，乱落如雨。宝马雕

车，豪华的马车。玉壶，指明月。鱼龙舞，指舞动鱼形、龙形的彩灯。蛾儿、雪柳、黄金缕，指的是女人的头饰。盈盈，声音轻盈悦耳。暗香，脂粉香气。千百度，千百遍。阑珊，零落稀疏。

此词大意为：元宵节的夜晚千万盏华灯一起被点亮，如同东风吹开了千树的花朵。天空中，焰火四溅，像是被吹落的流星雨。华丽的马车行驶在路上，香气飘溢。凤箫吹奏的乐曲在人群之中与流转的月光互相交错，各种花灯不停地飞舞。一群群美人头戴漂亮的饰物，身上穿着五彩斑斓的衣服。她们一边走一边低声说着私房话，所到之处，飘来淡淡的香气。千百次寻找那个相约的人，都没有找到，不经意间一回头，却看见她站在灯火忽明忽暗之处。

这首词作于南宋淳熙元年（1174）或二年（1175），既写出了正月十五的晚上，满城灯火，人们尽情狂欢的景象，又写出了"元夕"时一对意中人约会的场景。

辛弃疾的词虽然以豪放闻名，但这首词非常婉约，千古传诵。细细体味，写景写人写心，绝了。

后人联系到当时强敌压境，而南宋朝廷甘于偏安，沉湎于歌舞享乐之中，认为辛弃疾可能感到报国无门，把这种情绪曲折地写入了词中。

这也是一种解读。

南宋杭州人怎样过年?

南宋时杭州人怎样过年?

家人团聚,吃当然是第一位的。《武林旧事》《梦粱录》等书中就记载了两百多种食物,从蔬菜水果到肉类,从腌制凉拌到烧烤,光馒头就有寿带龟、子母龟、欢喜、捻尖、剪花、小蒸作、骆驼蹄、大学馒头、羊肉馒头九种。

南宋刘松年《撵茶图》

会亲访友当然少不了。

还有，北宋王安石《元日》中描写的景象：

> 爆竹声中一岁除，春风送暖入屠苏。
> 千门万户曈曈日，总把新桃换旧符。

放爆竹在南宋都还保留着，"岁除爆仗……内藏药线，一热连百余响不绝"。

其实，过年不仅仅是一个时间点，更是一个过程。从进入腊月开始，直到过了正月十五，年味才逐渐淡下去。

南宋时，清河坊到众安桥店肆林立，还有不少娱乐场所"勾栏瓦肆"，过年时这一带非常热闹，南宋杭州人在这里有"三看"。

看戏

现在我们很难想象南宋杭州过年时的歌舞杂耍之盛，还是来看看古籍中的记载。

《武林旧事》载："都城自旧岁冬孟驾回，则已有乘肩小女、鼓吹舞绾者数十队，以供贵邸豪家幕次之玩……自此以后，每夕皆然。三桥等处，客邸最盛，舞者往来最多。每夕楼灯初上，则箫鼓已纷然自献于下。酒边一笑，所费殊不多。往往至四鼓乃还。自此日盛一日。……或戏于小楼，以人为大影戏，儿童喧呼，终夕不绝。此类不可遽数也。……翠帘销幕，绛烛笼纱，遍呈舞队，密拥歌姬，脆管清吭，新声交奏，戏具粉婴，鬻歌售艺者，纷然而集。"

这些描写反映了当时歌舞杂耍之盛。姜夔有四首《灯词》诗纪事，摘录两首：

（其一）

南陌东城尽舞儿，画金刺绣满罗衣。

也知爱惜春游夜，舞落银蟾不肯归。

（其二）

灯已阑珊月气寒，舞儿往往夜深还。

只因不尽婆娑意，更向街心弄影看。

虽然夜已深，但是这些从聚会上归来的舞者仍不尽兴，在街心灯影里尽情舞过，不会是"街舞"吧？

姜夔描绘的场景仿佛生动地浮现在我们眼前。

南宋词人吴文英（约1200—1260），字君特，号梦窗，四明（今浙江宁波）人。他的《玉楼春·京市舞女》描写得更加细腻：

茸茸狸帽遮梅额，金蝉罗翦胡衫窄。

乘肩争看小腰身，倦态强随闲鼓笛。

问称家在城东陌，欲买千金应不惜。

归来困顿殢春眠，犹梦婆娑斜趁拍。

此词大意为：她们头戴细毛茸茸的狸皮帽子，遮掩着化着梅花妆的额角。把梅花瓣的纹样画在额上就是梅花妆。狸帽没有全掩额角，因此美丽的梅花妆仍隐约可见。她们穿着非常合体的薄如蝉翼的金色罗衫。有些幼小的舞女骑在大人肩上，那小蛮腰看上去特别婀娜。虽然看得出她们已经很疲倦，但她们还是不得不和着鼓笛的节拍，勉强表演。那些幼小的舞女的舞技实在精湛，所以词人归来后困倦入睡，在梦中还仿佛见到她们在婆娑起舞。

南宋刘松年《十八学士图》中的音乐表演

看灯

正月十五闹花灯，这一个"闹"字，突出了灯会的热闹非凡。其实，南宋杭州正月里的花灯在十五之前就陆陆续续被点起，街上张灯结彩，只不过在正月十五那晚灯最多、人最多。

《西湖老人繁胜录》载："清河坊至众安桥，沙戏灯、马骑灯、火铁灯、进锤架儿灯、象生鱼灯、一把蓬灯、海鲜灯、人物满堂灯，灯火盈市。"

《武林旧事》载："灯之品极多见后灯品，每以苏灯为最：圈片大者，径三四尺，皆五色琉璃所成，山水、人物、花竹、翎毛，种种奇

宋佚名《歌乐图》

妙，俨然著色便面也。其后福州所进，则纯用白玉，晃耀夺目，如清冰玉壶，爽彻心目。……又于殿堂梁栋窗户间为涌壁，作诸色故事，龙凤喷水，蜿蜒如生，遂为诸灯之冠。"

南宋词人辛弃疾在他的《青玉案·元夕》的前几句里是这样描述的：

> 东风夜放花千树，更吹落，星如雨。宝马雕车香满路，
> 凤萧声动，玉壶光转，一夜鱼龙舞。

看人

一是看美女。"公子王孙，五陵年少，更以纱笼喝道，将带佳人美女，遍地游赏。人都道玉漏频催，金鸡屡唱，兴犹未已"。

二是会情人。男女借着看灯约会。

去年元夜时，花市灯如昼。

月上柳梢头，人约黄昏后。

今年元夜时，月与灯依旧。

不见去年人，泪湿春衫袖。

这首《生查子·元夕》描写的是近千年前的杭州，一对男女约会于元夜。不知道这是朱淑真的自述，还是听闻，或者臆想，已无法考证。此诗读来伤感，而辛弃疾在《青玉案·元夕》中后几句的描述则很欢快：

众里寻他千百度，蓦然回首，那人却在，灯火阑珊处。

火树银花，人头攒动，焦急地四处寻看，她（他）在哪里？寻觅了千百回都没有看见她（他）的身影，正失望之极，猛然回头，她（他）就在那里，于是狂喜地奔去相会。

真有意思！

大红灯笼高高挂

第四篇

诗画杭州

人间始觉重西湖

湖山此地曾埋玉

风波亭与众安桥

栖霞岭下岳王庙

杨万里写了多少咏荷诗？

孩儿巷里的「卖花歌」

陆游在杭州写的亲子诗

湖山此地曾埋玉

千百年来，杭州西湖边，有不少名人墓葬，他们的名声如雷贯耳，比如岳飞、张苍水等。

在西湖的西泠桥边，有一个小巧的亭子，亭子里是一座简单的墓葬，一千五百多年来，有位名叫苏小小的歌妓（歌女）长眠于此。

由此可见杭州人的平和与包容。

据传苏小小很有诗才，所以后人称这个亭子为"慕才亭"。

苏小小究竟诗才如何？请读：

> 妾乘油壁车，郎骑青骢马。
>
> 何处结同心，西陵松柏下。

这首诗最早见于徐陵编选的《玉台新咏》，诗名叫《钱塘苏小歌》。这首诗是否是苏小小所作，虽然不少人曾有疑问，但已无法考证，不过，后人都愿意认为这首诗出自苏小小。

"钱塘"，就是杭州。"西陵"，又称西泠、西林，在西湖孤山的西北侧。古代的西陵是一处渡口，去孤山要坐船在此上岸，后来建桥相通，这就是有名的西泠桥。

诗用第一人称写成。苏小小乘坐油壁车（一说是小型的油布篷车，一说是在车壁上涂有油漆的车），她的情郎骑着毛色青白相间的马，在湖光山色中缓缓前行，幸福感满满。后两句表明，这一次同行，不是一般的游山玩水，而是要找一个地方私订终身。这个地方就在西陵的松柏树下。为什么要选定松柏树下呢？南朝民歌中的《子夜四时歌》有"我心如松柏"，松柏耐寒常绿的习性象征着坚贞不渝的品性，所以，苏小小和情郎选择在"西陵松柏下"定情，应该是表现了她对爱情的坚贞不渝。

苏小小墓

读到这里，读者也许会问，苏小小的情郎是谁？他们的爱情是否圆满？

苏小小的故事，最早出现于《玉台新咏》，《乐府广题》也有相关记载。相传苏小小（479—约502）是南齐的一个名妓，美貌、聪慧，并且会作诗。历史上一些地方史志、传奇和戏曲将苏小小进一步刻画成一个个性丰满的人物。其中清代陈树基的《西湖拾遗》中有精彩的演绎，大致意思为：

南齐时，钱塘西泠桥畔一户姓苏的人家生下一个女儿，取名为小小。这女孩子不但是个美人胚子，而且聪慧过人，她父亲吟诗诵文，她一学就会。小小六岁的时候父亲病故，十岁的时候她母亲也一病不起。母亲临终时，把她托付给姨妈，小小后来成为歌妓。小小非常喜爱西湖山水，请人制作了一辆小巧灵便的油壁香车，她常坐车游湖。有一天，苏小小乘油壁车出游与少年郎君阮郁相遇。阮郁是当朝宰相的儿子，他外出办差，顺路到杭州游西湖。苏小小与阮郁一见倾心，两人形影不离，整日流连西湖山水。阮郁的父亲听说阮郁在钱塘整日与歌妓混在一起，非常生气，派人把他带回了建业。阮郁走后，杳无音信，苏小小思郎心切，病倒了。

几个月后，大病初愈的苏小小乘油壁车出游，与穷书生鲍仁相遇，鲍仁准备入京应试，无奈缺乏盘缠。苏小小变卖首饰，送他上路。鲍仁走后第二年春天，苏小小因病去世，这时鲍仁已金榜题名，并且出任滑州刺史，赴任时他转道杭州看望苏小小，却赶上了她的葬礼。鲍仁抚棺大哭，在她墓前立"钱塘苏小小之墓"之碑，并在墓上造了一座慕才亭。亭上有楹联："湖山此地曾埋玉，花月其人可铸金。"

苏小小虽然是一个歌妓，但她的遭际被历代文人墨客扼腕叹息，于是有了很多感慨和凭吊，这里选几首解读。

白居易诗中提到苏小小的次数最多。

闻歌妓唱严郎中诗因以绝句寄之
已留旧政布中和，又付新词与艳歌。
但是人家有遗爱，就中苏小感恩多。

和春深二十首（其二十）
何处春深好，春深妓女家。
眉欺杨柳叶，裙妒石榴花。
兰麝熏行被，金铜钉坐车。
杭州苏小小，人道最天斜。

杨柳枝词（其五）

苏州杨柳任君夸，更有钱唐胜馆娃。
若解多情寻小小，绿杨深处是苏家。

杨柳枝词（其六）
苏家小女旧知名，杨柳风前别有情。
剥条盘作银环样，卷叶吹为玉笛声。

白居易在《杭州春望》中描写杭州春天的景色，竟然把苏小小家也
作为一景：

望海楼明照曙霞，护江堤白踏晴沙。
涛声夜入伍员庙，柳色春藏苏小家。
红袖织绫夸柿蒂，青旗沽酒趁梨花。
谁开湖寺西南路，草绿裙腰一道斜。

西泠桥边

刘禹锡读了白居易的诗后，饶有兴趣地和了一首诗《白舍人自杭州寄新诗有柳色春藏苏小家之句因而戏酬兼寄浙东元相公》：

> 钱塘山水有奇声，暂谪仙官领百城。
> 女妓还闻名小小，使君谁许唤卿卿。
> 鳌惊震海风雷起，蜃斗嘘天楼阁成。
> 莫道骚人在三楚，文星今向斗牛明。

唐代温庭筠（约812—约866），本名岐，字飞卿，唐代诗人、词人，"花间词派"代表。他的《杂歌谣辞·苏小小歌》写得深情：

> 买莲莫破券，买酒莫解金。
> 酒里春容抱离恨，水中莲子怀芳心。

> 吴宫女儿腰似束，家在钱唐小江曲。
>
> 一自檀郎逐便风，门前春水年年绿。

诗的大意为：怜爱不是花很多金钱就可以买到的，借酒消愁只会愁更愁。苏小小因为思念情郎而独自伤怀，她愁容难退，日渐消瘦，仍然独自守候在钱塘。自从她的情郎坐船乘风而去以后，只有门前的春水年年流淌，过来探望佳人。

唐代李贺（791—816），字长吉，福昌（今河南宜阳）人，有"诗鬼"之称，著有《昌谷集》。他的《苏小小墓》写出了梦幻：

> 幽兰露，如啼眼。
>
> 无物结同心，烟花不堪剪。
>
> 草如茵，松如盖。
>
> 风为裳，水为佩。
>
> 油壁车，夕相待。
>
> 冷翠烛，劳光彩。
>
> 西陵下，风吹雨。

此诗大意为：墓地兰花上凝聚的点点露珠，好似苏小小两行悲伤的泪水。拿什么东西可以编织同心结呢？即使修剪许多繁花也没有用。青青芳草犹如她的席垫，翠翠松树犹如她的车盖。用春天的清风做她的衣衫，用秋天的绿水做她的玉佩。她生前乘坐的油壁车，傍晚时准在一旁等待。森冷翠绿的鬼火，闪着光彩。她去世了。西陵，凄风苦雨正当时。

此外还有唐代张祜写的《题苏小小墓》：

　　漠漠穷尘地，萧萧古树林。

　　脸浓花自发，眉恨柳长深。

　　夜月人何待，春风鸟为吟。

　　不知谁共穴，徒愿结同心。

唐代权德舆（759—818），字载之，天水略阳（今甘肃秦安）人，写有《苏小小墓》：

　　万古荒坟在，悠然我独寻。

　　寂寥红粉尽，冥寞黄泉深。

　　蔓草映寒水，空郊暖夕阴。

　　风流有佳句，吟眺一伤心。

唐代韩翃（生卒年不详），字君平，南阳（今属河南）人，写有《送王少府归杭州》：

　　归舟一路转青苹，更欲随潮向富春。

　　吴郡陆机称地主，钱塘苏小是乡亲。

　　葛花满把能消酒，栀子同心好赠人。

　　早晚重过渔浦宿，遥怜佳句箧中新。

宋代秦观写有《黄金缕·妾本钱塘江上住》：

　　妾本钱塘江上住，花落花开，不管流年度。燕子衔将春色去，纱窗几阵黄昏雨。

　　斜插犀梳云半吐，檀板轻敲，唱彻《黄金缕》。梦断彩云无觅处，夜深明月生南浦。

慕才亭

壬戌冬日
姜东舒

北宋张伯玉（1003—约1068），字公达，建安（今福建建瓯）人，写有《苏小小墓》：

> 小小仙踪去不还，空标遗冢落人间。
> 钱塘门地家何在，回首临平隔断山。

北宋陆蒙老（生卒年不详），写有《嘉禾八咏·苏小小墓》：

> 瑶台归去鹤空还，一曲霓裳落世间。
> 秋雨几番黄叶落，朝云应欠到香山。

南宋林景熙（1242—1310），字德阳，号霁山，平阳（今浙江平阳）人，写有《苏小小墓》：

> 歌扇风流忆旧家，一丘落月几啼鸦。
> 芳魂不肯为黄土，犹幻燕支半树花。

南宋王镃（生卒年不详），字介翁，写有《苏小小墓》：

> 同心难结绣云长，红玉沉泥草亦香。
> 妖魄年年寒食节，定应湖上作鸳鸯。

元代元好问（1190—1257），字裕之，号遗山，太原秀容（今山西忻州）人，写有《虞美人·题苏小小图》：

> 桐阴别院宜清昼。入坐春山秀。美人图画阿谁留，都是
> 宣和名笔内家收。
>
> 莺莺燕燕分飞后，粉浅梨花瘦。只除苏小不风流，斜插
> 一枝萱草凤钗头。

明代袁宏道（1568—1610），字中郎，号石公，湖广公安（今属湖北）人，写有《西陵桥》：

> 西陵桥，水长在。松叶细如针，不肯结罗带。莺如衫，燕如钗。油壁车，斫为柴。
>
> 青骢马，自西来。昨日树头花，今朝陌上土。恨血与啼魂，一半逐风雨。

明代徐渭写有《苏小小墓》：

> 一抔苏小是耶非，绣口花腮烂舞衣。
>
> 自古佳人难再得，从今比翼罢双飞。
>
> 薤边露眼啼痕浅，松下同心结带稀。
>
> 恨不颠狂如大阮，欠将一曲恸兵闱。

清代朱彝尊（1629—1709），号竹垞，秀水（今浙江嘉兴）人，写有《梅花引·苏小小墓》：

> 小溪澄，小桥横，小小坟前松柏声。碧云停，碧云停，凝想往时，香车油壁轻。
>
> 溪流飞遍红襟鸟，桥头生遍红心草。雨初晴，雨初晴，寒食落花，青骢不忍行。

比较特别的是明代张岱的《西湖梦寻·卷三·西湖中路·苏小小墓》：

> 苏小小者，南齐时钱塘名妓也。貌绝青楼，才空士类，当时莫不艳称。以年少早卒，葬于西泠之坞，芳魂不殁，往

往花间出现。宋时有司马槱者，字才仲，在洛下梦一美人搴帷而歌，问其名，曰："西陵苏小小也。"问歌何曲？曰："《黄金缕》。"后五年，才仲以东坡荐举，为秦少章幕下官，因道其事。少章异之，曰："苏小之墓，今在西泠，何不酹酒吊之。"才仲往寻其墓拜之。是夜，梦与同寝，曰："妾愿酬矣。"自是幽昏三载，才仲亦卒于杭，葬小小墓侧。

文章中，张岱把故事描述得活灵活现，好像他亲眼看见一样。

历朝历代诗人笔下的苏小小呈现出不同的状态，他们的诗词对苏小小或美，或梦，或幻，或怜，然而最让人回味的可能还是苏小小自己的《钱塘苏小歌》。

风波亭与众安桥

风波亭，原是杭州南宋时大理寺（最高审判衙门）狱中的亭名，绍兴十二年（1142）一月，一代抗金名将岳飞因"莫须有"的罪名在风波亭内被杀害。

简单交代一下岳飞风波亭被害。岳飞（1103—1142）字鹏举，相州汤阴（今属河南）人，南宋抗金名将。事母至孝，他母亲在他背上刺了"尽忠报国"四个字，岳飞一生铭记并身体力行。宗泽招募部下，岳飞投身帐下，率兵屡破金兵，宋高宗赵构手书"精忠岳飞"四个字，做成军旗赐给他。岳飞曾任太尉等职。建炎三年（1129），金兀术渡江南进，攻陷建康，岳飞于次年收复建康，大破金兵"拐子兵"于郾城，收复郑州、洛阳等地，准备进军朱仙镇。岳飞率领的军队被称为岳家军，金兵非常害怕岳家军，当时流传着"撼山易，撼岳家军难"这样的话。此时，宋高宗赵构和宰相秦桧等力主议和，一日降十二道金牌召岳飞回临安。不久，岳飞被解除兵权。绍兴十一年（1141），秦桧诬陷岳飞谋反，将其逮捕入狱。绍兴十二年（1142），秦桧以"莫须有"的罪名将岳飞毒死于临安风波亭。岳飞时年三十九岁，他的儿子岳云和部将张宪也同时被腰斩于众安桥。

关于岳飞如何从抗金功臣变为"谋反者"，如何从被赵构欣赏到与赵构交恶被秦桧诬陷，以及岳飞的死因，史家有各种研究，这里暂且按下不表，先来说说风波亭与众安桥。

南宋时，风波亭在杭州的哪里？

要寻找风波亭，先要找到大理寺。南宋的大理寺，是当时的最高法院。风波亭在大理寺监狱内，这是历史学界的共识，就不多说了。

据《浙江通史·宋代卷》记载："掌管刑狱司法的大理寺，在仁和县署（小车桥附近）。"这与清代浙江按察司署的位置大致相同，也就是现在的庆春路与延安路交叉口。这个地方从南宋到民国时期一直是监狱，中华人民共和国成立后，这里变成了看守所和行政拘留所，到20世纪80年代才被迁移。附近的庆春路上（和延安路交叉口）原本还有岳飞女儿银瓶公主投井自尽的井和纪念亭，直到20世纪80年代拓宽庆春路时才被拆除。

也就是说，南宋的风波亭在如今小车桥这一带。风波亭毁于何时，无考。

小车桥东起东坡路，西连武林路，长一百九十米。清末的小车桥在大车桥北、国子监后，即清按察司署。民国时期，国民党政府建陆军监狱，专门关押政治犯人，老百姓俗称小车桥监狱。中华人民共和国成立后，路北建望湖宾馆。1997年建海华大酒店时，小车桥地名消失。现在只有一个公交站还保留着"小车桥"的站名。

杭州市人民政府按照宋代建筑的样式和风格在钱塘门附近重建风波亭和风波桥，并在风波亭旁恢复纪念岳飞之女岳银瓶的孝女井，2003年10月1日建成后对外开放。

清同治年间立碑记述银瓶公主事

风波亭

重建的风波亭重檐八角黑瓦，亭柱上有一副对联，为清朝人沈衍所作：

> 有汉一人，有宋一人，百世清风关岳并
> 奇才绝代，奇冤绝代，千秋毅魄日星悬

再说说众安桥。

众安桥跨古清湖河（浣纱河），北宋元祐四年（1089），苏轼在杭州任知州，他捐出俸银五十两设安乐坊（公益医院），三年里免费医好了上千病人，杭州人感怀苏轼的功德，把附近的一座桥称为众安桥。南宋的时候，众安桥为御街必经之地，是皇帝宗庙祭礼必经之处。桥南有北瓦，北瓦有十三座勾栏，杂剧、傀儡戏、相扑、皮影、杂技等多种娱乐节目可同时在这里演出。元宵灯会，这里的游人摩肩接踵，非常热闹。

道光十三年（1833），杭州府司狱吴延康据传闻认定众安桥河下为岳飞遗骸初葬处，在此建起了庙和墓，民国二十五年（1936），此处填河建路，桥失去功能，但还保留着桥栏杆。1992年庆春路改建时拆除了桥栏杆，桥西建有绿地和亭子，2005年又在此处增加了一座百戏的群塑，还在这里立石碑记叙历史变迁。

回过头来说几句南宋。无论南宋经济如何发达、文化如何辉煌，半壁江山、千万臣民、祖宗陵寝都沦入他手，为政者不努力收复为百姓所不齿。即使在极度繁华之中，仍然有常怀悲愤之情的有志之士，比如陆游。

让我们来读一读陆游的诗。陆游中年入蜀，投身军旅生活，晚年退居家乡，著有《剑南诗稿》等，存诗九千多首。他写有《关山月》：

众安桥南宋三英烈碑

　　和戎诏下十五年，将军不战空临边。

　　朱门沉沉按歌舞，厩马肥死弓断弦。

　　戍楼刁斗催落月，三十从军今白发。

　　笛里谁知壮士心，沙头空照征人骨。

　　中原干戈古亦闻，岂有逆胡传子孙！

　　遗民忍死望恢复，几处今宵垂泪痕。

　　诗的大意为：与金人签订议和诏书已经过去了近十五年，将军白白驻扎在边境上。王公贵族日日歌舞升平。战马居然因为吃得太肥而撑死

岳王路

岳王路
Yuewang Rd
北 N.
S. 南

在马厩里，兵器库里长年不用的弓、弦已经断了。岗楼上报更的刁斗见证着日出和日落，三十岁参军的我如今已经满头白发，却还闲在边关。谁能从笛声里听出壮士的心思呢？月光照射着沙丘里将士的白骨，可惜他们不是为出征而死。中原大地自古战事频繁，并非奇事，然而让敌人长期占领的情况却从来没有。沦陷地的百姓在面临死亡中盼望南宋军队收复失地，有多少地方的民众今晚在流泪。

隆兴元年（1163）宋孝宗与金达成和议，到淳熙四年（1177）距当年议和已近十五年了，南宋朝廷却乐不思蜀。和戎其实是南宋向金人屈膝求和的冠冕堂皇的说法。诗人在罢官闲居成都时，写下此诗。

四百多年后，明代的文徵明（1470—1559），号衡山居士，长洲（今江苏苏州）人，与祝允明、唐寅、徐祯卿并称"吴中四才子"。他在《满江红》中对"风波亭事件"的解读，同样悲愤满怀：

满江红

拂拭残碑，敕飞字、依稀堪读。慨当初、依飞何重，后来何酷。岂是功高身合死，可怜事去言难赎。最无端、堪恨又堪悲，风波狱。

岂不念，疆圻蹙。岂不念，徽钦辱。念徽钦既返，此身何属。千载休谈南渡错，当时自怕中原复。笑区区、一桧亦何能，逢其欲。

词的上阕写了宋高宗赵构对岳飞先倚重、后残杀的事实。从出土的石碑上还可以看到当初赵构为岳飞题写的"精忠岳飞"四个字。既然当初倚靠岳家军大胜金兵，为什么还要加害于他呢？难道打败敌寇、取得胜利，就该死？世上竟然还有这样的道理！

词的下阕，追寻岳飞被害的原因。"千载休谈南渡错，当时自怕中原复"，如果岳飞成功地"收复失地、迎还二帝"，那赵构是否还可能做他的宋高宗呢？"笑区区、一桧亦何能，逢其欲"，写出了君相杀害岳飞的罪恶。

对于岳飞之死，史家分析还有其他因素，不过，文徵明在《满江红》中表达的意思，应该是主要因素。

岳飞的诗词存世不多，而且真伪存疑，这里录三首，两首《满江红》，一首七言绝句《池州翠微亭》。

满江红·怒发冲冠

怒发冲冠，凭阑处潇潇雨歇。抬望眼仰天长啸，壮怀激烈。三十功名尘与土，八千里路云和月。莫等闲白了少年头，空悲切。

靖康耻，犹未雪；臣子恨，何时灭！驾长车踏破，贺兰山缺。壮志饥餐胡虏肉，笑谈渴饮匈奴血。待从头收拾旧山河，朝天阙。

这首词大家太熟，不做解释了。

满江红·登黄鹤楼有感

遥望中原，荒烟外、许多城郭。想当年，花遮柳护，凤楼龙阁。万岁山前珠翠绕，蓬壶殿里笙歌作。到而今、铁骑满郊畿，风尘恶。

兵安在？膏锋锷。民安在？填沟壑。叹江山如故，千村寥落。何日请缨提锐旅，一鞭直渡清河洛。却归来、再续汉阳游，骑黄鹤。

　　这首词的创作时间比《满江红·怒发冲冠》的创作时间略早，写于绍兴四年（1134）作者出兵收复襄阳等六州驻节鄂州（今湖北武昌）的时候。

　　绍兴三年（1133）十月，金人傀儡刘豫的军队攻占南宋的襄阳等六州，切断了南宋朝廷通向川陕的交通要道，南宋朝廷对湖南、湖北的管辖也受到威胁。岳飞接连上书奏请收复襄阳等六州，次年五月朝廷命岳飞统军出征。岳家军在短短三个月内，迅速收复了襄阳等六州，这时朝廷却要岳飞班师回朝。

　　在鄂州，岳飞登上黄鹤楼，北望中原，写了上面这一首抒情感怀词。

　　岳飞还有一首诗《池州翠微亭》：

> 经年尘土满征衣，特特寻芳上翠微。
> 好水好山看不足，马蹄催趁月明归。

　　绍兴四年（1134）和绍兴十一年（1141），岳飞曾两次在庐州（治所在今安徽合肥）击败金兵，绍兴十一年（1141）还驻军舒州（治所在今安徽安庆），因此，这首诗难以确定其写作时间。

　　读这首诗，我们可以感受到岳飞豪情之外的柔情，流连忘返于祖国的大好河山，爱国情怀至深。

栖霞岭下岳王庙

　　杭州栖霞岭下有一座红墙庙宇——岳王庙，老杭州人却叫它岳坟，不知道为啥。

　　清代诗人袁枚（1716—1798），字子才，号随园老人，钱塘（今浙江杭州）人，进士出身，为官有政绩，四十岁辞官在江宁小仓山下筑随园而居。他是个美食家，著有《随园食单》。他有一首凭吊诗《谒岳王墓》，写出了对西湖风光的别样评价：

> 江山也要伟人扶，神化丹青即画图。
> 赖有岳于双少保，人间始觉重西湖。

　　此诗表达了这样一个意思：世人因为看重埋葬在西湖边的英雄岳飞和于谦，二人都曾官封少保，所以爱屋及乌，也高看了西湖。江山即使如画，缺了杰出的人的相伴，也是没有灵气的。

　　虽然袁枚在此诗中表达的意思有点绝对，"人间重西湖"也并非从岳飞开始，但是，岳飞终究是响当当的抗金将领，深受杭州人的崇敬，所以，城里还有纪念岳飞的岳王路、纪念岳飞女儿银瓶公主的孝女路。

　　再接着说岳王庙。

岳飞被害后，狱卒隗顺冒死将岳飞遗体背出杭州城，埋在钱塘门外九曲丛祠旁。隗顺死前，将此事告诉他儿子："岳元帅精忠报国，日后必有给他昭雪的一天。"

二十年后，这一天终于到来了。绍兴三十二年（1162）五月，宋孝宗赵昚继位，七月下令为岳飞"追复原官"，并以五百贯的高价悬赏求索岳飞遗体，"以礼改葬"于栖霞岭下褒忠衍福禅寺，就是现在岳王庙的所在地。宋宁宗赵扩在嘉泰四年（1204），即岳飞死后的六十二年，追封岳飞为鄂王。

岳飞的下葬经过，颇为曲折离奇。

忠烈祠正殿

　　根据宋无名氏《朝野遗记》诸书记载，当时在狱中处死的犯人，尸体都被埋在监狱的墙角下，狱卒隗顺冒死将遗体偷偷地埋葬在九曲丛祠中王显庙旁的北山之水边，并在岳飞身上系了一块玉，又在坟前种了两棵橘树，作为标记。周必大的《龙飞录》说，为了不让秦桧的党羽发现，钱塘门外的岳飞初葬之墓假称"贾宜人之墓"。

　　"九曲丛祠中王显庙旁的北山之水边"在哪里呢？《咸淳临安志》载，钱塘门以北，有九曲昭庆桥、九曲法济院、九曲宝严院。此地多湖泊，故城垣曲折，九曲城、九曲丛祠也因此得名。王显庙就在此九曲城下，绍兴年间所建。明嘉靖《西湖游览志》也说："钱塘门沿城而北，旧有九曲城。"可见九曲丛祠与王显庙应在钱塘门外，估计即今昭庆寺以北一带，所谓"北山"，就是如今的宝石山。南宋大理寺在钱塘门内，隗顺背尸出钱塘门，到九曲城下的北山水边埋葬，路途不远，这个说法似乎可信。

《梦粱录》卷十五载："忠武岳鄂王墓，在栖霞岭下。"《武林旧事》卷五也载："栖霞岭口，古剑关，岳王墓。岳武穆王飞所葬，其子云亦附焉。"栖霞岭岳飞墓改葬时的确颇为隆重，其墓道两边立有石人、石马，并将边上的智果观音院改为"褒忠衍福院"，其中还陈列着岳云所用的铁枪。后世屡经修建、改建，变动较大。

岳飞墓

清道光年间（1821—1850），因重修栖霞岭下岳飞庙墓，追寻岳飞初葬地，在杭州众安桥螺丝山下扁担弄内的红纸染坊旁，找到了最初的岳坟。光绪二年（1876），在这里修建"忠显庙"，杭州人称为"老岳庙"。

岳王庙历经多次修葺，今存墓、庙为清代重建格局，大致分为忠烈祠、启忠祠、墓园三部分。忠烈祠西侧旧为启忠祠，祭祀岳飞父母及其五子、五媳和女儿银瓶，现在这里为岳飞纪念馆，有许多实物和图片介绍岳飞生平。

历代文人多有诗词凭吊岳飞和岳王庙，我们来读几首。

南宋胡铨（1102—1180），字邦衡，号澹庵，吉州庐陵（今江西吉安）人，与李纲、赵鼎、李光并称"南宋四名臣"，写有《吊岳太尉》：

> 匹马吴江谁着鞭，惟公攘臂独争先。
> 张皇貔貅三千士，搘拄乾坤十六年。
> 堪悯临淄功未就，不知钟室事何缘。
> 石头城下听舆论，万姓颦眉亦可怜。

南宋叶绍翁（生卒年不详），字嗣宗，号靖逸，龙泉（今浙江丽水）人，写有《题岳王墓》：

> 万古知心只老天，英雄堪恨复堪怜。
> 如公少缓须臾死，此虏安能八十年。
> 漠漠凝尘空偃月，堂堂遗像在凌烟。
> 早知埋骨西湖路，悔不鸱夷理钓船。

忠烈祠正殿岳飞坐像

此诗的大意为：上苍没有能了解民心，让英雄死得很遗憾。如果岳飞尚在，金兵怎么可能占领北方八十年。岳飞的遗像含恨，空对着月亮，岁月匆匆走过。早知道尸骨会埋在西湖边，还不如像范蠡那样，先避祸离开，日后再东山再起。

宋末元初诗人赵孟頫（1254—1322），字子昂，号松雪道人，吴兴（今浙江湖州）人，书法和绘画成就极高，写有一首《岳鄂王墓》，因他的宋室后裔身份，另有一番感慨：

鄂王坟上草离离，秋日荒凉石兽危。

南渡君臣轻社稷，中原父老望旌旗。

英雄已死嗟何及，天下中分遂不支。

莫向西湖歌此曲，水光山色不胜悲。

此诗大意为：岳飞墓上荒草乱长，墓地看上去一片荒凉，只有石兽仍然守护在那里。南渡的君王和百官只图享乐，不看重江山社稷，中原的父老还在盼望着王师收复失地。现在后悔英雄被害已经晚了，南宋灭亡已成定局，无可更改。不想向西湖吟唱此诗，面对湖光山色，我感到无限悲凉。

赵孟頫是宋室宗亲，对南宋的灭亡有着比常人更切身的痛楚。在历来的凭吊诗词中，此诗读来尤为沉痛。

明末清初黄周星（1611—1680），字景虞，著有《夏为堂集》等，写有《西湖竹枝词》：

山川不改仗英雄，浩气能排岱麓松。

岳少保同于少保，南高峰对北高峰。

明代袁宏道，进士出身，与其兄袁宗道、弟袁中道并称"公安三袁"，写有《湖上别同方子公赋》（其二）：

> 望望鄂王坟，石龟与人齐。
>
> 冢前方丈土，浇酒渥成泥。
>
> 虽知生者乐，无益死者啼。
>
> 如彼坟前马，张吻不能嘶。
>
> 天地入晦劫，志士合鸾栖。
>
> 曷为近汤火，为他羊与鸡。
>
> 孤山梅处士，事业未曾低。
>
> 西陵倡家女，松柏夹广蹊。
>
> 红粉是活计，山花足品题。
>
> 笑折苏公柳，策马度花堤。

明代丘濬（1421—1495），字仲深，号琼山，被明孝宗御赐为"理学名臣"，写有《沁园春·寄题岳王庙》：

> 为国除忠，为敌报仇，可恨堪哀。顾当时乾坤，是谁境界？君亲何处，几许人才？万死间关，十年血战，端的孜孜为甚来？何须苦把长城自坏，柱石潜摧！
>
> 虽然天道恢恢，奈人众将天钧转回。叹黄龙府里，未行贺酒；朱仙镇上，先奉追牌。共戴仇天，甘投死地，天理人心安在哉！英雄恨，向万年千载，永不沉埋！

明代周诗（1494—1556），字以言，昆山（今江苏昆山）人，写有《岳王坟》：

> 将军埋骨处，过客式英风。
>
> 北伐生前烈，南枝死后忠。
>
> 山河戎马异，涕泪古今同。
>
> 凄断封丘草，苍苍落照中。

明代吴伯与（生卒年不详），字福生，进士出身，曾任员外郎中，写有《拜岳武穆墓》：

> 血染湖烟入墓浮，模糊山色似当秋。
>
> 休兵雨泪归中土，出塞风呼此一丘。
>
> 死骨春秋新戟影，怒心今古出潮头。
>
> 唯余千顷银山浪，掬作将军薄献酬。

明代杨于庭（生卒年不详），字道行，全椒（今安徽全椒）人，进士出身，著有《四库总目》，写有《岳王祠》：

> 王业神州已陆沉，将军祠墓肃阴阴。
>
> 和戎社稷浑无策，报主乾坤只此心。
>
> 原草尚含南向恨，塞鸿空断北来音。
>
> 可怜十二金牌诏，父老攀留泪满襟。

明代于谦（1398—1457），字廷益，号节庵，钱塘（今浙江杭州）人，进士出身。明英宗兵败被俘，他力排南迁之议，坚请固守，升任兵部尚书，被诬陷，最后含冤遇害，葬于西湖三台山麓，写有《钱塘岳忠武王祠》：

> 匹马南来渡浙河，汴城宫阙远嵯峨。
>
> 中兴诸将谁降虏？负国奸臣主议和。

黄叶古祠寒雨积，青山荒冢白云多。

如何一别朱仙镇，不见将军奏凯歌。

在众多凭吊岳飞和岳王庙的诗词中，有一诗很特别，就是清代张奕光（字东亭，钱塘人，与洪升多有交往）的七律《岳武穆王墓》：

今古垂芳遗庙立，拜瞻空恨一秦奸。

森森柏树枝南向，凛凛忠魂夜北看。

心赤负冤沉狱死，草青埋骨痛碑残。

钦徽是日无家返，深怨谗书封蜡丸。

说它特别，是因为这是一首回文诗，倒过来读是这样的：

丸蜡封书谗怨深，返家无日是徽钦。

残碑痛骨埋青草，死狱沉冤负赤心。

看北夜魂忠凛凛，向南枝树柏森森。

奸秦一恨空瞻拜，立庙遗芳垂古今。

还有一首很特别的诗，是明末张煌言所作。张煌言（1620—1664），字玄著，号苍水，鄞县（今浙江宁波）人，曾任南明兵部尚书，坚持抗清二十年，被俘后死于杭州弼教坊。他写的《甲辰八月辞故里》（其二），既凭吊岳飞又感叹自身：

国亡家破欲何之？西子湖头有我师。

日月双悬于氏墓，乾坤半壁岳家祠。

惭将赤手分三席，敢为丹心借一枝。

他日素车东浙路，怒涛岂必属鸱夷。

《甲辰八月辞故里》共两首，这是第二首。清康熙三年（1664）张煌言被俘押往杭州，送行的有几千人，张煌言临行慷慨赋诗。

此诗大意为：国破家亡之时，自己将赴杭州被杀，西湖边有我崇敬的先辈。抗清复明功业未就，我却要与崇敬的岳飞、于谦同葬于西湖边。于谦的功绩可以和日月同辉，南宋半壁江山曾经靠岳飞保住，所以在西湖边立庙祭祀他们。我丹心一片，向上天禀告抗清之志，死后效仿伍子胥，化为浙东的钱江潮。

西湖白莲洲留锡庵僧人超直，与张煌言是同乡，钦佩他的高风亮节，冒死收殓了他的遗骨，暂厝宝石山僧舍。清乾隆初年，杭州道士吴乾阳筹资重修张煌言墓，清廷追谥"忠烈"。

杨万里写了多少咏荷诗？

　　近些年来，在西湖荷花盛开时节，杭州人都会随口吟诵杨万里的《晓出净慈寺送林子方》：

> 毕竟西湖六月中，风光不与四时同。
>
> 接天莲叶无穷碧，映日荷花别样红。

　　这首诗但凡杭州人都会背诵，实景素描，明白如话，又朗朗上口。但是，林子方何许人也？林子方要去哪里？杨万里为何要送林子方？很多人也许不知道。他们也许也不知道杨万里同时写的同题诗还有一首。

　　杨万里（1127—1206），字廷秀，号诚斋，吉州吉水（今属江西）人，曾任秘书少监等职。林子方，福建莆田人，曾任直阁秘书（给皇帝草拟诏书的文官）。杨万里是林子方的上司，两人经常议论时事、切磋诗词，成为知己。

　　杨万里在淳熙十四年（1187）任秘书少监，淳熙十五年（1188）被遣外任,杨万里和林子方是上下级同事关系的时间应该是在这两年，《晓出净慈寺送林子方》就是在这期间作的。林子方出任福州知州，杨万里为他送行，留下了千古传诵的名篇《晓出净慈寺送林子方》。另外，杨万里还写有《送林子方直阁秘书将漕闽部三首》,可见两人相

西湖荷花

交之深。

从诗题看，杨万里和林子方应该是前一晚住在净慈寺的。净慈寺是杭州名刹，颇受皇家重视，北宋、南宋时的官宦、文人多与净慈寺僧人有交往，因此杨万里和林子方借宿于僧房也就不奇怪了。很可能在这一晚，二人煮茗秉烛，彻夜长谈，只是我们无法知道一晚上他们都聊了些什么。东方初晓，二人悄然离开净慈寺。

我猜想《晓出净慈寺送林子方》是送行路上杨万里口叙的。我们先来读第一首诗：

> 出得西湖月尚残，荷花荡里柳行间。
>
> 红香世界清凉国，行了南山却北山。

这首诗基本上是"记叙文"，讲述了送行途中的实录，点出了出发的时间、路上所见的景物、行走的路线。从净慈寺所在的南山到西湖北面的北山区域，距离不短，要经过清香四溢的荷花荡，穿过行行柳树，可能行走、乘船兼而言之。长长的送行路，体现了两人的情谊。

第二首诗，单独看，是一首咏荷诗：

> 毕竟西湖六月中，风光不与四时同。
>
> 接天莲叶无穷碧，映日荷花别样红。

把它与前一首诗联系起来，就会让人觉得，诗人通过描写六月西湖的美丽景色，曲折地表达了对林子方的依依惜别之情。当然，诗人描绘了在一片广袤的碧绿之中的红得"别样"、娇艳迷人的荷花，将六月天里的西湖与平时截然不同的绮丽风光写得十分传神，既意韵生动，又凝练含蓄，难怪会成为千古传诵的名篇。

净慈寺

也有人认为杨万里写此诗是为了劝林子方留在杭州，可这话又不能挑明，于是就写了这首诗送给他，林子方并没读懂诗中暗含的意思，还是去福州上任了。这样的意会恐怕不通。圣命难违，就算林子方心里不愿意去福州不还得去吗？杨万里久居官场，又岂会鼓动林子方对已经下达的圣命违拗呢？

据说历来写西湖景物的诗词有两千多首。在众多的诗词中，名句迭出，但杨万里的"接天莲叶无穷碧，映日荷花别样红"传播特别广，大约只有苏东坡的"欲把西湖比西子，淡妆浓抹总相宜"（《饮湖上初晴后雨》）可以与其相媲美了。

可见好的诗，称得上千古绝唱的，都是跃然纸上、明白如话、朗朗上口，这与吟诵者读书多少没有关系，与年龄大小也没有关系。

　　杨万里写过多少咏荷诗？有人统计过，有三十多首，也许还不止。杨万里写的咏荷诗咏的大部分是西湖荷花，其中很夸张的是一次写了十首咏荷诗。淳熙十二年（1185），大司成颜几圣邀请杨万里和朋友游西湖赏荷花，五十八岁的杨万里诗兴大发，一口气写了十首咏荷诗——《大司成颜几圣率同舍招游裴园泛舟绕孤山赏荷花晚泊玉壶得十绝句》：

（其一）

凤城鱼钥晓开银，国子先生领搢绅。

山水光中金凿落，芙蕖香里葛头巾。

（其二）

小步深登野寺幽，古松将影入茶瓯。

铃声忽起九天半，有塔危峰最上头。

（其三）

岸岸园亭傍水滨，裴园飞入水心横。

旁人莫问游何许，只拣荷花闹处行。

（其四）

船开便与世尘疏，飘若乘风度太虚。

坐上偶然遗饼饵，波间无数出龟鱼。

（其五）

西湖旧属野人家，今属天家不属他。

水月亭前且杨柳，集芳园下尽荷花。

（其六）

小泛西湖六月船，船中人即水中仙。

外铺云锦千弓地，中度琉璃百摺天。

（其七）

城中担上买莲房，未抵西湖泛野航。

旋折荷花剥莲子，露为风味月为香。

（其八）

故人京尹剧风流，走送厨珍佐胜游。

青李来禽沉冰雪，黄金白璧斫蝤蛑。

（其九）

人间暑气正如炊，上了湖船便不知。

湖上四时无不好，就中最说藕花时。

（其十）

游尽西湖赏尽莲，玉壶落日泊楼船。

莫嫌当处荷花少，剩展湖光几镜天。

从这十首诗里，我们可以读出这样一些信息：一是"泛舟绕孤山赏荷花"，可知八百多年前除了九里松附近的十里荷花之外，当时孤山四周也是荷花遍布，芳香四溢；二是"芙蕖香里葛头巾"，描写出了西湖船娘的采莲状态；三是"只拣荷花闹处行"，一个"闹"字，写出了荷花盛开处游船众多；四是"集芳园下尽荷花"，有个叫集芳园的地方开遍了荷花；五是"旋折荷花剥莲子"，这里提到的莲子很可能是从西湖船娘那里买来的莲子，游客们一边在湖上赏荷一边剥莲子吃，新鲜的莲子略带一点甜味，清香扑鼻；六是"游尽西湖赏尽莲"，可见杨万里最爱西湖的荷花，所以过了季节没了荷花，就认为是"游尽"了西湖。

杨万里还有两首以"小池"为题的咏荷诗读来也很有趣味：

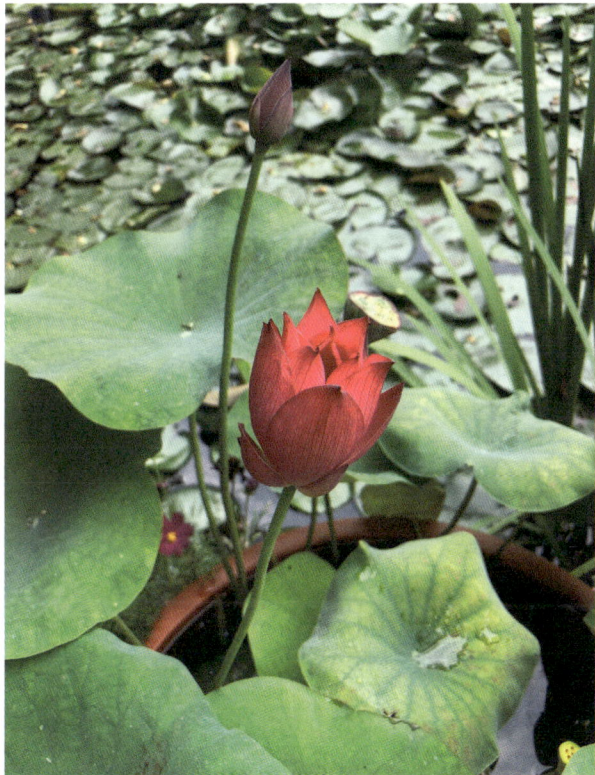

西湖荷花

小池

泉眼无声惜细流，树阴照水爱晴柔。

小荷才露尖尖角，早有蜻蜓立上头。

泉眼悄然无声是因舍不得细细的水流，映在水面上的树荫喜爱晴天和轻柔的风。娇嫩的小荷叶刚从水面露出尖尖的角，就有一只小蜻蜓立在它的上头。

杨万里描绘了一处充满情趣的场景，把大自然中极平常的细小事物写得相亲相依、和谐一体，语言活泼自然、通俗明快。树木、小荷、小池，色彩丰富，还有明亮的阳光、深绿的树荫、翠绿的小荷、鲜活的蜻蜓、清亮的泉水，画面感非常强，真是诗中有画。

小池荷叶雨声

午梦西湖泛烟水，画船撑入荷花底。

雨声一阵打疏蓬，惊开睡眼初朦松。

乃是池荷跳急雨，散了真珠还又聚。

卒然聚作水银泓，泻入清波无觅处。

这首诗写的是雨中赏荷的情景。诗人泛舟西湖，午间睡眼蒙胧，正欲入睡，密集的雨点打在荷叶上驱了诗人的睡意；雨点像一把把珍珠撒在荷叶上，雨水集聚使得荷叶上滚动的水珠像晶莹的水银一样泻入西湖中。在众多的西湖咏荷诗中，这首诗别有一番兴味。

杨万里的咏荷诗也不都是欢乐的、兴致盎然的、清新的，这首《感兴》就寄托着其对国事的忧愁：

去国还家一岁阴，凤山锦水更登临。

别来蛮触几百战，险尽山川多少心。

何似闲人无藉在，不妨冷眼看升沉。

荷花正闹莲蓬嫩，月下松醪且满斟。

"别来蛮触几百战，险尽山川多少心"，北望中原，山河破碎，收复无望，战事连年，即便西湖"荷花正闹莲蓬嫩"，诗人还是忧心忡忡，借酒浇愁。

孩儿巷里的"卖花歌"

在淅淅沥沥的春雨中穿行于孩儿巷，经过陆游纪念馆时，我自然而然地想到了"卖花歌"。

孩儿巷，杭州城里的一条老巷，东连中山北路，并与仙林桥直街相对；西接延安路，并与武林路南段连接。看起来是一条很平常的巷子，但是，如果你了解它的来历，就会觉得不平常了。因为八百多年前的一首"卖花歌"，孩儿巷出了名，并流传后世。北宋时，孩儿巷叫保和坊砖街巷。南宋时，巷内多泥孩儿铺，故又名泥孩儿巷，后来省略了一个"泥"字，就叫孩儿巷，一直延续至今。

所谓的"卖花歌"，其实是南宋诗人陆游于淳熙十三年（1186）住在孩儿巷时写的一首诗——《临安春雨初霁》。让我们先来吟诵这首诗：

世味年来薄似纱，谁令骑马客京华？
小楼一夜听春雨，深巷明朝卖杏花。
矮纸斜行闲作草，晴窗细乳戏分茶。
素衣莫起风尘叹，犹及清明可到家。

霁，雨后或雪后转晴。矮纸，裁短的纸。草，草书。细乳，沏茶时

陆游塑像

水面呈白色的小泡沫。分茶，一种茶戏，沸水注入茶碗后，用箸搅茶乳，使茶水波纹变成各种形状。

这首诗大意为：近年来我对入世做官的兴趣已淡薄如纱，为什么我还骑了马到京城来，过这客居寂寞与无聊的生活呢？在小楼里听了一夜的春雨，而明天早上巷子里就会有人叫卖杏花。我无聊地在裁短的纸上斜写着草书，还在窗前玩分茶游戏。不要慨叹洁白的衣服已被京师的尘土弄脏，我还来得及在清明节前回到清静的家。

其中，"小楼一夜听春雨，深巷明朝卖杏花"两句，既朗朗上口，又绘声绘色，流传甚广。可见绝妙好文原来简单至绝，这正是写诗作文的极高境界。

有人说，这首诗中的"小楼"一联，典型地表现了江南二月的都市之春。小楼听雨，深巷卖花，形象生动，富于韵味。还有人说，这一联不着意于对偶，十四个字一气贯注，自然圆转，常受人称道。另有人说，"小楼"一联语言清新隽永，写得形象而有深致，虽然用了比较明快的字眼，但用意还是要表达自己的郁闷与惆怅……见仁见智。传说这

陆游书法（局部）

两句诗后来传入宫中，深为宋孝宗所称赏，可见一时传诵之广。

其实，陆游写这首《临安春雨初霁》，并非为了写出什么名句，而是为了排遣自己的情感，写出他当时的心境。淳熙十三年（1186），他已六十一岁，在家乡山阴赋闲了五年。虽然他光复中原的壮志未衰，但对偏安一隅的南宋朝廷颇感无奈。这一年春天，陆游又被起用为严州知府。赴任之前，他先去临安觐见皇帝，住在孩儿巷里等候召见，写下了这首名作。

无事而作草书，晴窗下品着清茗，表面上看，闲适恬静，然而在这背后，正藏着诗人无限的感慨与牢骚。陆游有着收复中原的宏愿，而严州知府的职位与他的志向不合，他颇感报国无门。中原沦陷，久未收复，诗人却在写写草书、品品茶中消磨时光，还不如回乡躬耕。他捺不住心头的怨愤，写下了结尾两句："素衣莫起风尘叹，犹及清明可到家。"

杭州是陆游当年常来常往的地方。到了杭州，他曾住在孩儿巷（砖街巷）也是有事实可考的。陆游在《跋松陵集三》云："淳熙十六年（1189）四月二十六日，车驾幸景灵宫。予以礼部郎兼膳部检察，赐公卿食，……时寓砖街巷街南小宅之南楼。"可见当时陆游确实住在孩儿巷。另外，陆游还有《夜归砖街巷书事》纪事：

> 近坊灯火如昼明，十里东风吹市声。
> 远坊寂寂门尽闭，只有烟月无人行。
> 谁家小楼歌恼侬，余响缥缈萦帘栊。
> 苦心自古乏真赏，此恨略与吾曹同。
> 归来空斋卧凄冷，灯前病骨巉巉影。
> 独吟古调遣谁听，聊与梅花分夜永。

坊，街坊。明代田汝成《西湖游览志》："自观桥而南至众安桥，其街之东为怀远坊、安国坊、延定坊，西为保和坊、纯礼坊、澄清坊……保和坊俗称砖街巷。"

此诗作于淳熙十六年（1189）初春，陆游六十四岁，住在杭州砖街巷。上一年十一月，陆游"再召入见，上曰：'卿笔力回斡甚善，非他人可及。'除军器少监"（《宋史·陆游传》）。虽然受朝廷重用，但陆游收复中原壮志难酬，居住于闹市却感到寂寞，听歌更激起烦闷情绪，在凄冷的空斋里，只有独自借梅花以寄情。

八百多年来，因为陆游的《临安春雨初霁》，孩儿巷这条杭州城里的小巷出名了，以至近年有了"孩儿巷陆游故居之争"。2004年，孩儿巷改造时，有人反对拆除98号老建筑，认为此处是陆游故居，提出把孩儿巷98号辟为"陆游纪念馆"，介绍陆游在杭州生活和活动的情况，以纪念这位伟大的诗人，让杭州多一处人文景观。另有专家反对，理由是陆游第四次来杭时，确实居住在孩儿巷之南，但现在的孩儿巷98号在巷子的北侧。文献上记载陆游住过的是一座"小宅"，而孩儿巷98号则是一座前后多进的大宅院。如果就凭陆游曾在孩儿巷居住过而草率地将孩

陆游纪念馆

儿巷98号称为"陆游纪念馆"实在是张冠李戴。其实，南宋的建筑，现在在杭州地面上已经不复存在了。后来经专家认定，孩儿巷98号是著名的清代古宅，虽然不是陆游的故居，但陆游多次来杭都住在孩儿巷，而且98号是至今所发现的最有历史风貌的孩儿巷建筑，因此专家认为它是陆游纪念馆的首选。虽然陆游未必住过这个古宅，但毕竟陆游在孩儿巷居住过，有了这个渊源，为陆游设个纪念馆，也顺理成章。纪念馆不等于故居，陆游是否住过孩儿巷98号已经不再重要，重要的是在这条巷子里，曾经有位诗人，留下了千古传唱的"卖花歌"。

"小楼一夜听春雨，深巷明朝卖杏花"的诗句，让无数人对陆游笔下的深巷小楼心向往之。但往事越千年，经历了沧海桑田，今天我们已经不可能看到陆游当年居住过的"小楼"和"近坊灯火如昼明，十里东风吹市声"的景象了。然而，陆游依然是杭州人的骄傲，因为有他的诗文在。顺便提醒一下，在撰写介绍陆游纪念馆的文章时，千万别有"陆游曾居住于此"的文字，这既是对杭州的尊重，更是对陆游的尊重。

陆游在杭州写的亲子诗

陆游的诗词中，能感受到他爱国激情、壮怀激烈的居多，如"当年万里觅封侯，匹马戍梁州……胡未灭，鬓先秋""金戈铁马入梦来""王师北定中原日，家祭无忘告乃翁"，但也有与唐婉感情缠绵的"钗头凤"，还有"怜子如何不丈夫"的亲情，可以说是侠骨柔情。

陆游在杭州写过两首亲子诗。

绍兴三十年（1160）春天，陆游来到临安（今浙江杭州）。绍兴三十二年（1162），陆游把家人也接来杭州，一家人其乐融融，陆游有诗纪事。

喜小儿辈到行在

阿纲学书蚓满幅，阿绘学语莺啭木。

截竹作马走不休，小车驾羊声陆续。

书窗涴壁谁忍嗔，啼呼也复可怜人。

却思胡马饮江水，敢道春风无战尘。

传闻贼弃两京走，列城争为朝廷守。

从今父子见太平，花前饮水勿饮酒。

　　行在，指古代天子巡行时居住的地方，诗里指临安。南宋朝廷当时并未定都临安，仅称行在，意思是临时居住，终究要收复中原还都汴京，而事实上却是"直把杭州作汴州"。学书蚓满幅，指小孩子初写的字如蚯蚓爬，歪歪扭扭。学语莺啭木，指孩童讲话就好像黄莺在树上婉转地啼呼。

　　绍兴三十一年（1161）十二月，武巨收复了西京（今河南洛阳），陆游深感振奋，以为中兴在望，隔年便把家眷接到临安。阿纲、阿绘都是陆游的孩子，大约都不到十岁。阿纲砍下青竹当马骑，又学着驾羊车，不断吆喝，窗上、墙上都留下他们淘气的"杰作"。

　　这首诗描绘出一幅其乐融融的家庭生活图画，体现了一位父亲对子女们深深的爱。同时，陆游清醒地点出了这样普通的生活场景必须建立在国家太平的基础上。国与家命运一体。

　　比较好奇绍兴三十年（1160）陆游把家安在杭州的什么地方，可惜无从查考。不过陆游有一篇短文记叙了他在杭州的家的模样，这篇短文叫作《烟艇记》。

烟艇记

　　陆子寓居，得屋二楹，甚隘而深，若小舟然，名之曰"烟艇"，客曰："异哉！屋之非舟，犹舟之非屋也。以为似欤，舟固有高明奥丽逾于宫室者矣，遂谓之屋，可不可耶？"

　　陆子曰："不然，新丰非楚也；虎贲非中郎也。谁则不知。意所诚好而不得焉，粗得其似，则名之矣。因名以课实，子则过矣，而予何罪？予少而多病，自计不能效尺寸之用于斯世，盖尝慨然有江湖之思，而饥寒妻子之累劫而留

南宋夏圭《西湖柳艇图》

之，则寄其趣于烟波洲岛苍茫杳霭之间，未尝一日忘也。
使加数年，男胜锄犁，女任纺绩，衣食粗足，然后得一叶之
舟，伐荻钓鱼，而卖芰芡，入松陵，上严濑，历石门、沃
洲，而还泊于玉笥之下，醉则散发扣舷为吴歌，顾不乐哉！
虽然，万钟之禄，与一叶之舟，穷达异矣，而皆外物。吾知
彼之不可求，而不能不眷眷于此也。其果可求欤？意者使吾
胸中浩然廓然，纳烟云日月之伟观，揽雷霆风雨之奇变，虽
坐容膝之室，而常若顺流放棹，瞬息于千里者，则安知此室
果非烟艇也哉！"绍兴三十一年八月一日记。

烟艇，烟波江上的小船。新丰，故址在今陕西省监潼县东之新丰
镇。"虎贲非中郎"可解释为：东汉末年的蔡邕，曾官中郎将，世称蔡
中郎，后被王允所杀；蔡的好友孔融见到武贲士（武士）的面貌与蔡相
似，就与其同座饮酒，并说："虽无老成人，尚有典型。"芰芡，菱和
鸡头，皆可食。松陵，即吴淞江。

此文大意为：陆先生租了两间屋子，屋子狭长就好像小船一般，所
以称为"烟艇"。客人评论道："奇怪，房屋不是船，正如同船不是房
屋，你认为屋子和小船一样吗？有的船富丽堂皇到可以和宫殿媲美，因
此把船称作房屋，可以吗？"陆先生回答："不是这样吧，新丰不是楚
地原来的丰邑，武贲士不是中郎将。这样的道理谁不知道？得不到喜欢
的东西，得到一个与之相似的，所以我以喜欢的东西来称呼它。你依照
名字考察实际的东西是不对的，我称呼它有什么错呢？我从年少就常生
病，知道自己对国家没有什么用处，因而曾经想要浪迹江湖。为了温
饱，养活妻儿，我不得已只能留于官场。其实，我一直想浪迹江湖。若
干年以后，儿子能耕种，女儿能织布，衣食不缺，我还是希望能乘坐一

条小船，过过砍芦荻、钓鱼、卖荷花的日子，乘着小船进入吴淞江，逆流而上到严陵濑这个地方，游历过石门涧、沃洲之后再回来，把小船停靠在苍翠的山峦下，喝醉了就披散头发，敲着船打拍子，唱唱吴地的歌谣。不是很快乐吗？虽高官厚禄不能与小船相比，但其实两者都是身外之物。高官厚禄当然不能强求，但我向往、留恋小船漂流的生活，真有可能这样？浪迹江湖的想法使我的心胸开阔，能够容纳天地日月，能够包揽雷霆风雨。虽然我只是坐在狭小的居室中，却常常感觉像顺着水流坐船，一眨眼就到了千里之外。谁能说这屋子真的不是烟波上的一条小船呢？"

三十年后，陆游又一次与家人在杭州团聚，此时居住在砖街巷，即孩儿巷。有一天陆游一家人同游西湖，他也有诗《与儿辈泛舟游西湖一日间晴阴屡易》纪事：

> 逢著园林即款扉，酌泉斸笋欲忘归。
> 杨花正与人争路，鸠语还催雨点衣。
> 古寺题名那复在，后生识面自应稀。
> 伤心六十余年事，双塔依然在翠微。

此诗大约写于绍熙二年（1191），那年陆游六十六岁。

此诗大意为：我看到一个园子便推门进去，又是饮泉水，又是买刚挖出来的笋，一时忘记了回家。杨花在小路上尽情地开放，似乎要阻挡过往的行人。鸟儿的鸣叫声仿佛催落了雨点，打湿了行人的衣服。这座古寺我以前来过，古寺的题名仍在，可是这里的人已经大多不认识了，他们都是后来者。自从朝廷南渡以来六十多年，西湖的双塔依然在青翠的山色里没有改变形状，朝廷何时能回归中原呢？陆游颇为伤感。

南宋陈清波《湖山春晓图》

《与儿辈泛舟游西湖一日间晴阴屡易》一诗既是当时陆游家庭生活的纪实，又是他苦闷心情的流露。

淳熙十五年（1188）七月，六十三岁的陆游在严州任满卸职，回到家乡山阴（今浙江绍兴）。十月，宋孝宗赵昚召陆游入见廷对，而后批曰："卿笔力回斡甚善，非他人可及。"朝廷起用陆游为军器少监，主管制造御前军器。陆游写下了《初到行在》：

> 六十之年又四年，也骑瘦马趁朝天。
>
> 首阳柱下孰工拙，从事督邮俱圣贤。
>
> 笔墨有时闲作戏，功名到底是无缘。
>
> 都城处处园林好，不许山翁醉放颠。

淳熙十六年（1189）二月，宋孝宗赵昚考虑到陆游有大才不可长期不用，而自己即将禅位，就降圣旨：除陆游为礼部郎。对此，叶绍翁《四朝闻见录》乙集做了这样的记载："上怜其才，旋即复用。未内禅，一日上手批以出，陆游除礼部郎。上之除目，自公而止，其得上眷如此。"陆游因而对孝宗深怀知遇之恩。礼部为尚书省六部之一，掌管国家礼乐、祭祀、朝会、学校教育、贡举等。同时陆游还兼膳部检察，他在《跋松陵集三》中记："淳熙十六年四月二十六日，车驾幸景灵宫。予以礼部郎兼膳部检察，赐公卿食……时寓砖街巷街南小宅之南楼。"

后　记

缘起于小楼春雨

2016年春，花朝节前，浙江省城市科学研究会和杭州古都文化研究会的会员们聚集于杭州孩儿巷98号陆游纪念馆，纪念八百三十年前在这里吟唱"卖花歌"的一位伟大的诗人。所谓的"卖花歌"，其实是南宋诗人陆游于淳熙十三年（1186）住在孩儿巷时写的一首诗——《临安春雨初霁》，其中"小楼一夜听春雨，深巷明朝卖杏花"成了脍炙人口的千古名句。

在与此次活动的主办者杭州著名文史专家陈洁行老先生的交谈中，我们谈到许多古诗词中都"藏"有杭州故事，我忽然萌发了写杭州诗词故事的念头，陈先生极表赞同，并建议用"诗与城"为总主题，第一篇的题目是《孩儿巷里的"卖花歌"》。

于是，我写了三年，有了近三十篇的系列文章。

这个念头虽然是忽然萌发，但自持对于杭州历史的了解，对于歌咏杭州和杭州纪事的古典诗词的了解，写"诗与城"系列文章，应该比较容易。谁知道真动笔写起来，屡屡犯难，要寻找相关的人和事，要求证人和物之间的关系，要查出某首诗词的写作年代，要挖出某首诗词字面底下的因由，天晓得有多烦。还有，除了来自古籍中的古画图片，其余的配图都得我自己去现场拍照。

写作"卡壳"时，我问自己：这不是自讨苦吃吗？

这些文章陆续在《杭州日报》《钱江晚报》及其他报刊杂志上刊出，后来搜狐新闻、腾讯新闻和一些自媒体公众号不断转载，说明读者喜欢看这些文章，我受到了鼓励，这些支撑了我三年工作之余的写作。作为生于斯长于斯的杭州人，我非常热爱这座城市，我应该为这座城市做点什么，也许，这样的文章当作地域历史文化的普及读物正合适。

现在，这些文章要结集出版了，这是阶段性小结，因为我还会继续写下去，"诗与城"还有很多的内容等待着我去挖掘，对于杭州，古诗词实在是一座"金矿"。虽然这样的写作比较"烧脑"，好在我已经习惯了。

司马一民

2018年12月18日

图书在版编目（CIP）数据

诗里杭州 / 司马一民著. — 杭州：浙江工商大学
出版社, 2019.10（2020.11重印）
（"钱塘江故事"丛书 / 胡坚主编）
ISBN 978-7-5178-3459-5

Ⅰ.①诗… Ⅱ.①司… Ⅲ.①古典诗歌—诗集—中国
②文化史—杭州—通俗读物 Ⅳ.①I222②K295.51-49

中国版本图书馆CIP数据核字(2019)第192379号

诗里杭州
SHI LI HANGZHOU

司马一民 著

出 品 人	鲍观明
策划编辑	沈 娴
责任编辑	费一琛 沈 娴
封面设计	观止堂_未氓
责任校对	刘 颖
责任印制	包建辉
出版发行	浙江工商大学出版社
	（杭州市教工路198号 邮政编码310012）
	（E-mail: zjgsupress@163.com）
	（网址：http://www.zjgsupress.com）
	电话：0571-88904980，88831806（传真）
排 版	杭州林智广告有限公司
印 刷	浙江海虹彩色印务有限公司
开 本	880mm × 1230mm 1/32
印 张	6.375
字 数	152千
版 印 次	2019年10月第1版 2020年11月第2次印刷
书 号	ISBN 978-7-5178-3459-5
定 价	68.00元